Tres vidas de santos

Biblioteca Eduardo Mendoza
Relatos

Eduardo Mendoza

Tres vidas de santos

Seix Barral

El papel de este libro procede de bosques gestionados de forma sostenible y de fuentes controladas.

Seix Barral, un sello editorial de Editorial Planeta, S. A.
Avda Diagonal, 662-664, 08034 Barcelona (España)
www.seix-barral.com
www.planetadelibros.com

Diseño de la cubierta: Booket / Área editorial Grupo Planeta
Ilustración de la cubierta: © Books on Books, 2003, Jonathan Wolstenholme / Colección privada / Portal Gallery Ltd / The Bridgeman Art Library
Primera edición en esta presentación en Colección Booket: junio de 2017
Segunda impresión: marzo de 2022
Tercera impresión: julio de 2025

Depósito legal: B. 10.066-2017
ISBN: 978-84-322-3252-7
Impreso en España

Biografía

Eduardo Mendoza nació en Barcelona en 1943. Ha publicado las novelas *La verdad sobre el caso Savolta* (1975; *Los soldados de Cataluña*, 2015), Premio de la Crítica; *El misterio de la cripta embrujada* (1979); *El laberinto de las aceitunas* (1982); *La ciudad de los prodigios* (1986), Premio Ciutat de Barcelona; *La isla inaudita* (1989); *Sin noticias de Gurb* (1991, 2011 y 2014); *El año del diluvio* (1992); *Una comedia ligera* (1996), Premio al Mejor Libro Extranjero en Francia, referido además a todo el conjunto de su obra; *La aventura del tocador de señoras* (2001), Premio al Libro del Año del Gremio de Libreros de Madrid; *El último trayecto de Horacio Dos* (2002); *Mauricio o las elecciones primarias* (2006), Premio de Novela Fundación José Manuel Lara; *El asombroso viaje de Pomponio Flato* (2008), Premio Terenci Moix y Pluma de Plata de la Feria del Libro de Bilbao; *El enredo de la bolsa y la vida* (2012); *El secreto de la modelo extraviada* (2015), *El rey recibe* (2018); *El negociado del yin y el yang* (2019); *Riña de gatos. Madrid 1936* (2010; Seix Barral, 2020), Premio Planeta 2010 y Premio del Libro Europeo; *Transbordo en Moscú* (2021) y *Tres enigmas para la Organización* (2024); el libro de relatos *Tres vidas de santos* (2009), *Teatro reunido* (2017), el ensayo *Qué está pasando en Cataluña* (2017) y *Las barbas del profeta* (2017; Seix Barral, 2020). Ha recibido el Premio Cervantes 2016, el Premio Liber, el Premio Nacional de Cultura de la Generalitat de Cataluña, el Premio Franz Kafka, el Premio Internacional de Novela Histórica Barcino y el Premio Princesa de Asturias de las Letras 2025.

TRES VIDAS DE SANTOS

Si bien los he revisado para la presente edición, los tres relatos que forman este libro fueron escritos en momentos muy distintos y muy separados en el tiempo. «La ballena» pertenece a la etapa inicial de mi carrera, si así se puede llamar; «El final de Dubslav», a una etapa intermedia; «El malentendido» es el más reciente, con lo que evito calificar de final la etapa en que ha sido escrito. Los tres relatos difieren en extensión, en estilo y, sobre todo, en el propósito que los preside. Quiero decir que cada uno gira en torno a una preocupación, a un interrogante, a una cuestión. No sé cómo llamar a eso. Sí tengo la impresión de que los tres son discursivos. Fuera de este detalle, no les veo nada más en común. Tampoco creo que la variedad sea su principal defecto, sino lo contrario. Pero puesto a buscar un hilo conductor que recorra el libro de tapa a tapa, me parece que el título que los engloba, *Tres vidas de santos*, puede servir de referencia. No es, desde luego, un título original: existen miles de títulos análogos, unos descriptivos de su contenido, es decir, hagiográficos; otros, analíticos, y otros, como el mío, más o menos metafóricos.

Aunque no soy un hombre religioso, o precisamente porque no lo soy, siempre me han interesado las vidas de los santos y el género literario que las refiere y que, para distinguirlo de las vidas propiamente dichas, se suele llamar «vidas de santos» o, en términos científicos, hagiografía. Es una disciplina en la que concurren otras muchas: la teología, la historia, la psicología, la sociología y, de un modo complementario, la literatura y el arte. Desde todos estos ángulos se puede abordar la vida y obra de estos personajes singulares, hombres y mujeres de todas las épocas, muchos de los cuales, por añadidura, ni siquiera llegaron a existir o no hicieron nada de lo que la leyenda les atribuye, como la propia Iglesia, de cuando en cuando y de manera bastante inconsecuente, tiene a bien determinar.

Un grupo tan heterogéneo como el de los santos permite muchas clasificaciones y subdivisiones. A los efectos de este prólogo, propongo dos grandes categorías.

La primera es la de los santos que dan ejemplo con su conducta: los mártires y los anacoretas. No suelen inspirar devoción, pero son los más representados en pinturas y esculturas, porque son más dramáticos. Un ejemplo claro es san Sebastián con sus flechas: rara es la iglesia que no tenga su efigie, más raro es aún que alguien le rece.

La segunda categoría es la de los santos influyentes, los que curan enfermedades, socorren en caso de peligro y en general deshacen entuertos, algunos de muy poca trascendencia: encuentran objetos perdidos, contribuyen a que salgan bien los guisos y cosas por el estilo. Su eficacia se deriva de algún contacto fortuito con la divinidad, como san Cristóbal, que por haber ayudado al niño Jesús a vadear un riachuelo tiene a su cargo la ingente flota automovilística mundial, o por razones diversas que a menudo no guardan relación con su vida, sino con algún símbolo de su iconografía, como sucede con los patronos de oficios.

Los relatos que integran este libro hablan de unos individuos que no pertenecen a ninguna de las dos categorías anteriores. En rigor, no son santos o lo son en una tercera categoría que la Iglesia no reconoce e incluso condena. Son santos en la medida en que consagran su vida a una lucha agónica entre lo humano y lo divino. Dicho de otro modo: su vida trasciende lo humano en la medida en que poseen una visión global de la existencia que los demás disolvemos en el prosaico desglose de los días. La mayoría de estos santos que no lo son parte de una idea equivocada, de un trauma psicológico. La devoción con que se entregan a esta desviación de un modo excluyente y su disposición a renunciar a todo es lo que los asemeja a los santos. Como su lucha es interior y a nadie le interesa su aspecto, casi no tienen representación gráfica. En cambio son los favoritos de la literatura por razones obvias. Don Quijote, Hamlet y el capitán Ahab son ejemplos válidos; la literatura rusa se alimenta de ellos, desde el amable tío Vania hasta el abrupto Raskolnikov.

Si prescindimos de criterios religiosos o morales, estos falsos santos no se diferencian mucho de los santos de verdad. Y tanto los unos como los otros tienen algo de repelente. Los anacoretas o los mártires, voluntarios o involuntarios, cualquiera, en fin, que hace del victimismo y el dolor su razón de ser contraría nuestra manera de entender la vida, pero en su descargo se puede decir que su misma actitud los margina de la sociedad, se relacionan poco con sus semejantes y, aparte de irritar a los representantes del poder con sus excentricidades, interfieren muy poco en la cosa pública. En cambio los que pertenecen a la tercera categoría, los expulsados del santoral, cultivan sus obsesiones precisamente en su relación con los demás, aunque éstos no quieran, y sin relación causal aparente causan daño y desgracia a sus semejantes, especialmente a quienes tienen más cerca, sin excluir a los seres queridos y sin renunciar al crimen en la búsqueda de lo absoluto. Todos ellos transitan por las zonas más oscuras del espíritu.

Decir que la escritura es una forma de conjurar los propios fantasmas es un tópico que desapruebo. Nunca he tenido la sensación de escribir con fines terapéuticos. Si acaso, los tres relatos que componen este libro es lo más cerca que he estado de esa función. En cada uno de los tres relatos intervienen varios personajes. Me costaría señalar con precisión cuál de ellos es el santo a que aluden el título y los párrafos que anteceden. En todo caso, quiero creer que todos ellos, si no son santos, tampoco son malas personas.

LA BALLENA

—Pero, bueno, ¿se puede saber cuándo llega el obispo Cachimba?, dijo el tío Víctor.

La tía Conchita lo fulminó con la mirada y le dijo que hiciera el favor, si no sentía el menor respeto por la religión, de tener por lo menos consideración hacia la sensibilidad de los creyentes; pero en cuanto hubo pronunciado estas palabras, se mordió el labio inferior, se levantó del rincón del sofá donde solía sentarse en las reuniones familiares y dio un corto paseo por el salón para disimular su nerviosismo, porque después de haber considerado toda su vida al tío Víctor un necio y un inútil, de un tiempo a esta parte le temía más que a nada en el mundo. La tía Conchita y el tío Víctor eran hermanos y también hermanos de mi padre. La tía Conchita era la mayor de siete hermanos, los ya dichos, el tío Antón, que se había ido a vivir a la Guinea Española, donde explotaba un negocio de maderas, el tío Francisco, «Fran», que le representaba en el mercado peninsular, y otros dos, un varón y una hembra, que por haber muerto antes de nacer yo, no forman parte de mis recuerdos de aquel tiempo. La tía Conchita estaba casada con Agustín Voralcamps, el tío Agustín, un hombre gordo, calvo, feo y muy rico, con el que había tenido tres hijos: dos chicos más o menos de mi edad y una chica algo menor. El tío Víctor permanecía soltero, sin que eso lo convirtiera en un hombre disipado, sino todo lo contrario: era muy discreto, metódico, manso de carácter y corto de luces. Trabajaba en una filatelia sólo por las mañanas y llevaba una vida parasitaria en casa de su hermana Conchita, que le prodigaba todo tipo de cuidados y lo avasallaba en todo momento, con razón o sin ella, y sin tener en cuenta la presencia de otros parientes. Pero nunca lo hacía delante de una persona ajena a la familia, donde ella creía que debían ventilarse todos los asuntos familiares. La tía Conchita reprobaba la intromisión de terceros, incluso las más necesarias: de la profesión jurídica sólo admitía la intervención del notario, y si un médico había de rebasar los límites del círculo familiar, ella exhortaba a todos los demás a que el asunto no trascendiera al mundo exterior. Todo lo cual hacía más insólita y también más excitante la inminente llegada del obispo Cachimba, como el tío Víctor había tenido la osadía de motejarlo. Ahora el culpable de la irreverencia guardaba un humilde silencio, ruborizado hasta la raíz del cabello, mientras su hermana desahogaba su consternación y su impaciencia arreglando los innumerables objetos que adornaban las mesas y consolas del salón.

La causa de tanto nerviosismo era ésta: en los últimos meses de la guerra civil, y después de haber estado holgazaneando dos años largos en un pueblo del interior, el tío Víctor había sido detenido, no sé cómo ni por qué, trasladado a Barcelona y encerrado en una checa. Las checas, cuyo nombre, según supe más tarde, derivaba de la palabra rusa *crezvitchainaia Komisia*, aunque nunca entendí el trayecto terminológico que va de este trabalenguas al castizo «checa», guardaban analogía con las prisiones políticas de la Rusia bolchevique, tanto por sus métodos como por el personal que las regentaba, bien rusos, bien españoles afiliados al partido comunista y, por consiguiente, a las órdenes directas de Moscú. Estas prisiones, situadas en distintos puntos de Barcelona, habían dejado un siniestro recuerdo: en su interior se practicaban las más refinadas torturas físicas y psicológicas y se ejecutaba en forma sumaria a quienes no habían sucumbido a la tortura. Entre unas cosas y otras, los supervivientes de las checas eran minoría.

A uno de estos lugares espantosos, concretamente a la checa de la Tamarita, fue a dar el tío Víctor. Consternada y desesperada, la familia entera se movilizó tratando de liberarlo sin reparar en esfuerzos, dinero y riesgo. Por aquel entonces la tía Conchita era novia del tío Agustín, el cual, como miembro de una ilustre familia catalana, tenía parientes y amigos en el bando nacional y en el bando rojo; a través de su futuro marido se establecieron contactos con importantes personalidades republicanas y se logró su intercesión tras haberlas convencido de la inocencia del tío Víctor. No debió de costarles mucho, porque el tío Víctor, como he dicho, era tan simple y tan abúlico que durante toda la guerra no consiguió decantarse por ninguno de los dos bandos enfrentados. Sea como fuere, lo soltaron al cabo de una semana. Nadie consiguió hacerle contar lo que le habían hecho durante su encierro, ni lo que había visto. Es probable que no tuviera nada que contar; había estado aislado y nadie se había tomado la molestia de interrogarle y mucho menos de torturarle. Ni siquiera fue posible que expresara enojo o miedo, y al salir en libertad siguió tan apolítico como antes de la detención. Tanta laxitud causó una cierta decepción en la familia, cuya memoria de aquellos años estaba compuesta únicamente de ansiedad y privaciones y habría agradecido una pequeña dosis de heroísmo. Pero esto era lo de menos: la salvación del tío Víctor, a quien todos daban ya por muerto, fue acogida con la comprensible alegría. Al acabar la contienda, el incidente dejó de mencionarse. Nadie quería revivir la angustia de aquella semana atroz, y menos aún hacer que la reviviera el propio interesado. Por acuerdo tácito, toda la familia se impuso el deber de hacerle olvidar las penalidades sufridas en la checa. Con este esfuerzo colectivo y la docilidad del tío Víctor, la vida volvió pronto a la normalidad, al menos en apariencia.

Corrían los años de la guerra fría, y aunque el aislamiento político de España parecía ponerla a salvo de verse envuelta en ella, mi familia, siempre dispuesta a hacer suyo cualquier temor, la vivía con profundo desasosiego, convencida de que si estallaba el conflicto entre las superpotencias nucleares, todo signo de vida sería borrado de la faz de la tierra, incluido el Ensanche de Barcelona. En última instancia, no era la muerte lo que preocupaba a mi familia, a causa de sus convicciones religiosas; lo que realmente la tenía atemorizada era la posibilidad de caer en manos del ejército soviético, constituido, según lo pintaba la propaganda de la época, por hordas bestiales, de un fanatismo despiadado y una crueldad inimaginable. Corría por entonces la especie de que los comunistas practicaban en sus centros de detención una operación psicológica, denominada «lavado de cerebro», que consistía en lo siguiente: por métodos inhumanos, contra los que no había defensa posible, expertos carceleros conseguían implantar en sus víctimas un mecanismo de obediencia que más tarde podían activar a su antojo. De este modo fabricaban espías incondicionales y ejecutores potenciales de horribles delitos, tanto más peligrosos cuanto que los propios sujetos no recordaban haber sido manipulados ni haberse convertido en verdaderas bombas de efecto retardado. Por supuesto, nadie insinuó tal cosa, pero cuando el asunto del lavado de cerebro apareció en la prensa y luego se convirtió en argumento de películas de terror, la sospecha de que algo semejante le hubiera sucedido al tío Víctor se introdujo en el ánimo de la familia como la larva que un insecto deposita bajo la piel de un incauto veraneante, y si bien nadie formuló la idea, como las familias muy unidas se comunican por una especie de telepatía todo lo negativo que se les ocurre, fue arraigando la noción de que al tío Víctor se le había hecho un lavado de cerebro durante su permanencia en la checa de la Tamarita, por lo que constituía en todo momento y lugar una auténtica amenaza capaz de materializarse por medio de una señal remota o un incentivo previamente programado que transformaría al más pasmado de los barceloneses en una imparable máquina de matar. A partir de aquel instante, todo cuanto sucedía o había sucedido constituía una pieza adicional de un rompecabezas diabólico y perfecto: lo aparentemente arbitrario de su detención, el hecho insólito de que lo hubieran llevado a una checa, reservada para los presos políticos más contumaces y no a una cárcel convencional, la misma brevedad de su encierro y la facilidad con que se había conseguido su liberación, por no hablar de la propia estupidez del tío Víctor que, en lugar de disipar toda sospecha, por cuanto era improbable que el

Soviet Supremo hubiera malgastado el tiempo y la técnica de un especialista en un mentecato pudiendo aplicar sus métodos a un individuo más adecuado, llevaba a pensar que precisamente la escasa resistencia cerebral del tío Víctor lo hacía idóneo para la operación, y que su personalidad anodina y su humilde empleo en una filatelia le permitían eludir las pesquisas de los servicios de contraespionaje y pasar inadvertido entre sus conciudadanos, incluso entre los miembros de su propia familia, hasta el momento de convertirse en un monstruo. A la tía Conchita, en el fondo, no le importaba tanto el crimen que pudiera resultar como el hecho de que la mano ejecutora fuera la de su propio hermano. Ahora se debatía en un dilema desgarrador: el temor a tener en casa una bomba humana y la firme convicción de que tanta maldad no podía haberse introducido en nuestras filas sin ningún merecimiento. Ante la primera de ambas posibilidades se arrepentía de haber aceptado la honrosa obligación de alojar en su casa a quien el tío Víctor, tal vez como un aviso de los planes infernales que se fraguaban en un rincón de su mente, acababa de motejar de «obispo Cachimba».

El ilustre huésped se llamaba en realidad Fulgencio Putucás, y era obispo de San José de Quahuicha, capital del departamento del mismo nombre, en la frontera de dos países de la América Central o Centroamérica, como se decía entonces, y había venido a Barcelona, al igual que cientos de obispos de todo el mundo, con motivo del Congreso Eucarístico que se celebró en nuestra ciudad en mayo de 1952.

Comparado con otros acontecimientos de significación ciudadana, anteriores y posteriores, el Congreso Eucarístico tuvo poca relevancia y poca repercusión, sobre todo en una época en que los medios de información se limitaban a la prensa y a unos breves documentales cinematográficos que, por otra parte, no prestaron la menor atención al evento más allá de nuestras fronteras. Consagrado a la devoción mariana, el propósito manifiesto de aquel Congreso Eucarístico era difundir por todo el orbe cristiano un mensaje de amor y caridad, aunque el hecho de que Su Santidad Pío XII hubiera concedido a Barcelona el privilegio de organizar la magna asamblea como reparación por «los sacrificios que había padecido durante la cruzada» no auguraba un cambio radical en el estado general de las cosas. Con todo, en vísperas del congreso, como muestra de buena voluntad y también de estabilidad interna, Franco concedió un indulto que valió la libertad a bastantes presos políticos y mereció un afectuoso beneplácito de la Santa Sede. También cesaron las restricciones en el suministro eléctrico, desapareció la cartilla de racionamiento y, en buena parte, el mercado negro, y se hicieron obras públicas en la ciudad y en sus accesos. Algo era, sobre todo para los barceloneses, inmersos en una atmósfera de carestía y aislamiento, cuando cualquier variación les parecía un fenómeno extraordinario. Los balcones estaban engalanados, los monumentos, iluminados, y la afluencia de forasteros y la consiguiente necesidad de convertirse en guías turísticos improvisados, les hizo ver su ciudad con otros ojos.

Todo esto tenía muy alborotada a mi familia, que había entronizado la rutina como soberana absoluta de nuestra existencia. Y no sólo por la agitación exterior, sino por el ilustre personaje que en breve iba a traspasar el umbral de la tía Conchita y convertirse en el eje de nuestras vidas durante unos días.

Es difícil determinar cuántos forasteros acudieron a Barcelona con motivo del Congreso Eucarístico, porque los datos escasean y los que existen probablemente fueron falseados con fines propagandísticos, pero sin duda fueron muchos. Millares de curas y monjas llegaron por tierra, mar y aire, y entre esta muchedumbre sobresalían, por su dignidad y la vistosidad de su atuendo, los obispos, tantos más cuanto más lejana y exótica fuera su sede: un obispo australiano, asiático o africano tenía garantizada su foto a toda plana en la prensa local. Pero esta afluencia halagadora comportaba, para una ciudad apenas repuesta de la guerra y escasa de medios, un problema de alojamiento. Se construyeron hoteles, las órdenes religiosas hospedaron a sus miembros y las autoridades civiles y religiosas hicieron cuanto pudieron, pero aún así había excedente de huéspedes, por lo que se apeló a la hospitalidad de los hogares barceloneses. Y como la tía Conchita era muy devota y respondió de inmediato a este ruego, el tío Agustín muy influyente y su casa adecuada para albergar a un príncipe de la Iglesia, les fue asignado un prelado extranjero. Si en su fuero interno la tía Conchita soñó con recibir a un cardenal o, cuando menos, a un obispo importante, supo disimular con elegancia la decepción de saber que le había tocado en suerte el ordinario de un lugar desconocido de nombre impronunciable, que sólo con ayuda de una lupa conseguimos ubicar en el atlas. Al fin y al cabo, un obispo, sea de donde sea, está en contacto directo con el Papa y es, en definitiva y después del Sumo Pontífice, el máximo representante de Dios en la tierra. Por otra parte, siendo nuestro obispo hispanoamericano, no sólo hablaría castellano como nosotros, sino que tendría nuestras mismas costumbres en lo tocante a higiene y alimentación. No quiero ni pensar, decía mi tía al referirse al que ya consideraba «su» obispo, no quiero ni pensar lo que debe ser tener en casa a un japonés o a un negro. Para una persona tan aferrada a sus hábitos, el mero hecho de acoger a un desconocido, y de características tan inusuales, ya desbordaba su capacidad de organización.

En las semanas previas a la llegada del ilustre huésped hubo muchas deliberaciones y la familia entera fue convocada en varias ocasiones a consejo, si bien todos sabían que no sería aceptada ninguna sugerencia ni nada se esperaba de ellos salvo la conformidad con los planes de mi tía, la admiración por la forma exhaustiva en que había previsto hasta el menor detalle y la compasión por el esfuerzo y el dispendio empleados. Después de muchas consideraciones se decidió instalar al señor obispo en el cuarto de huéspedes, amplio, bien ventilado y dotado de lo necesario para hacer la estancia agradable a cualquier usuario, y no, como se había pensado en un principio, cederle la alcoba principal, es decir, el dormitorio de mis tíos, desestimado por la connotación de intimidad conyugal que conllevaba y por la noción de que tal vez al prelado le incomodara dormir en una cama tan grande. Sobre el lecho de invitados se colgó un sencillo crucifijo de madera y sobre la cómoda se colocó primero y se retiró luego un florero por considerarlo frívolo e insana la presencia de plantas donde duermen las personas. Además de la ropa de cama se dispuso un juego completo de toallas y diversos artículos de tocador, incluido jabón de baño, champú, crema de afeitar, pasta de dientes, brillantina y fijador. El servicio doméstico fue estrictamente aleccionado. Constaba la servidumbre de la casa de mis tíos de una cocinera de mediana edad, de aspecto rudo pero muy alegre de trato, llamada Manifiesta, y una doncella jovencita, muy mona y algo pazguata, sobrina de la cocinera, de sobrenombre la Leres, a la que siempre vi vestida de uniforme, con delantal, puños y cofia almidonados. A esta plantilla fija, o cuerpo de casa, como se decía entonces, se sumaba un chófer, que sólo usaba mi tío para sus gestiones, una asistenta por horas, una costurera y una planchadora que acudían un día a la semana y cuyos nombres nunca supe o he olvidado. Todos ellos recibieron instrucciones severas.

A los niños de la familia también se nos impartieron clases de urbanidad y protocolo. Los niños debíamos inclinarnos y besar el anillo del obispo, y las niñas hacer una reverencia doblando una rodilla y sujetando el borde de la falda con las dos manos. No debíamos hablar sin ser preguntados y a una eventual pregunta, responder siempre con voz clara y alta, añadiendo siempre el tratamiento de «ilustrísima». Pero si su ilustrísima, en un gesto de sencillez, pedía que apeáramos el tratamiento y le llamáramos de otro modo, por ejemplo don Fulgencio, debíamos hacerlo así sin replicar, y no recaer en el tratamiento derogado. Ante una puerta, cederle el paso, pero si él nos indicaba que pasáramos primero, obedecer de inmediato. No empezar a comer hasta que su ilustrísima hubiera empezado, no hablar con la boca llena ni masticar con ruido ni con la boca abierta, enjugarse los labios con la servilleta antes de beber agua, y un largo etcétera completamente innecesario, porque a la vista del programa de actividades facilitado por el obispado de Barcelona, íbamos a tener muy pocas ocasiones de convivir con el ilustre huésped, sobre todo a quienes no vivíamos en casa de la tía Conchita y el tío

Agustín y sólo podíamos participar del contacto con el obispo de un modo ocasional y por deferencia de los anfitriones.

A este papel secundario ya estábamos acostumbrados, porque ningún miembro de la familia tenía un nivel económico y social comparable al de la tía Conchita y el tío Agustín. Tal vez el tío Antón, que vivía en la Guinea Española, había amasado una fortuna, pero era considerado poco menos que un prófugo, porque había partido a la aventura colonial a raíz de ciertos problemas domésticos cuya índole nunca llegué a conocer, porque se hablaba de ellos con medias palabras y frases veladas para que los niños no las pudiéramos entender si las oíamos. Al irse había dejado en Barcelona a sus dos hijos y a su esposa, la tía Eulalia, una mujer grande, pechugona y estridente, de la que se ocupaba, igual que del negocio de maderas, su hermano Fran, mi otro tío, soltero, como el tío Víctor, pero muy distinto de manera de ser. En cuanto a mi padre, qué puedo decir. Era el hermano menor, de aspecto delicado, débil de salud y de temperamento. Había recibido una educación esmerada a la que no supo o no quiso sacar partido; abandonó la carrera de ingeniería en el segundo año y después de probar varios trabajos, acabó de factor en la RENFE, donde seguramente entró más por influencias familiares que por méritos propios, y donde su discreto alcoholismo pasaba casi siempre inadvertido. Este hábito, conocido de todos, no le impedía ser aceptado como miembro de pleno derecho de la familia ni asistir a los actos colectivos, toda vez que su comportamiento, cuando había tomado unas copas, era errático pero no escandaloso; más bien al contrario: era más comedido estando ebrio que sereno, y sólo en una fase intermedia podía mostrar algún rasgo de originalidad que se solventaba ofreciéndole algo de beber, lo que garantizaba su inmediato regreso a la circunspección. Mi madre toleraba esta situación con serena naturalidad: nunca se quejaba, al menos en público, y a menudo celebraba las excentricidades de su marido. Ahora la familia entera aguardaba a monseñor Putucás, ordinario de San José de Quahuicha, en parte por la magnanimidad de la tía Conchita, que nos quiso hacer partícipes del acto, y en parte porque debió de pensar que una bienvenida multitudinaria restaría violencia al encuentro de un extraño con sus anfitriones. Pero como tampoco podíamos recibir al obispo como unos pasmarotes, se organizó una pequeña recepción. Mi tía envió a buscar a la pastelería Sacha de la Diagonal una merienda espléndida, que sería servida desde la cocina, y la tía Eulalia cantaría. La tía Eulalia tenía una voz bonita y educada. Había hecho la carrera de música, había recibido clases de Conchita Badía y durante un tiempo acarició la idea de dedicarse profesionalmente al canto: su sueño era cantar en el Liceo. Cuando se ennovió con el tío Antón y le comunicó sus planes, éste no se opuso. Sin embargo, más tarde, cuando ya se había oficializado el noviazgo, el tío Antón recibió presiones de la familia y puso a su prometida en este dilema: o dejar el canto o romper la relación. Podía seguir estudiando música, si eso le hacía feliz, e incluso cantar en reuniones privadas, pero nada de cantar en público y menos aún pisar un escenario. Él no podía casarse con una cantante y menos con una actriz. Ya era malo salir a un escenario cobrando, pero aún era peor vivir sumergida en el mundo del espectáculo, compartiendo camerino con mujeres desconocidas, no todas de conducta irreprochable, y viajando de un lado para otro, durmiendo en hoteles, comiendo en figones y abandonando el hogar por periodos indeterminados. La tía Eulalia entendió estos argumentos y vio que si quería casarse con el tío Antón o con un hombre de su clase y condición, debía renunciar a su carrera. Y así lo hizo, con bravura. Al principio, según le oí contar varias veces en las tertulias familiares, sintió una gran nostalgia, dejó de ir a la ópera, que tanto le había gustado, precisamente para no pensar en lo que había dejado atrás, y si por casualidad oía por la radio un aria conocida, se le saltaban las lágrimas. Pero pronto olvidó sus fantasías y acabó dando la razón a su marido: no habría podido compaginar la vida bohemia de una artista con los deberes de madre y esposa. Más tarde, encuentros fortuitos con antiguas compañeras que habían persistido en su vocación, le reafirmaron en lo acertado de su decisión. La mayoría había abandonado, después de varios años de miserias, desengaños y humillaciones, y una o dos, que habían conseguido hacer una discreta carrera, se enfrentaban al cabo de los años con la pérdida de facultades y un futuro incierto consagrado al recuerdo de un pasado mediocre e inexorablemente perdido. La tía Eulalia daba gracias a Dios por haber sabido rectificar a tiempo. Yo nunca acabé de entender la lógica de esta historia, porque en fin de cuentas y en recompensa por el sacrificio de sus ilusiones, su marido, el tío Antón, se había largado a la Guinea Española y la había dejado en Barcelona con sus dos hijos. Pero ésta es otra historia. De momento, el piano vertical había sido afinado y la tía Eulalia, que conservaba en buena medida su voz y su técnica, se disponía a ofrecernos, bien durante la merienda, bien después, un recital compuesto de un fragmento del *Ave María* de Gounod, una canción popular catalana y, por último, el himno del Congreso Eucarístico, acompañada por todos los sobrinos. A este colofón nos opusimos los sobrinos alegando que en el colegio nos hacían cantar el himno del Congreso a todas horas, y que hacerlo en casa, entre primos, nos daba vergüenza y risa. Después de amenazas, regañinas y coacciones, dimos nuestra conformidad con una condición: cantaríamos el himno del Congreso si los mayores se sumaban al coro. El tío Agustín dijo que aquello sería un guirigay, el tío Fran le apoyó y al final nos salimos con la nuestra.

Ahora la familia en pleno aguardaba a monseñor Putucás desde hacía dos horas. Los mayores disimulaban como podían su impaciencia, salvo los niños, que sólo pensábamos en los emparedados y pastelitos que aguardaban en la cocina, mi padre, a quien hubo que suministrar un par de whiskies, la tía Eulalia, que no paraba de aclararse la garganta con unos sonidos ofensivos y fue al cuarto de baño varias veces a hacer gárgaras, y el tío Víctor, que no pudo contenerse y exclamó:

—Pero, bueno, ¿se puede saber cuándo llega el obispo Cachimba?

A veces pienso que fue mi padre, en uno de sus estadios intermedios entre la lucidez y la opacidad, quien le sacó aquel mote, derivado del extraño nombre de su lugar de procedencia. Aún faltaban muchos años para que los escritores latinoamericanos nos familiarizaran con la trabajosa toponimia y la peculiar terminología de aquella parte del mundo. Desde luego no creo que la idea partiera del tío Víctor; incluso es posible que en su ingenuidad hubiese creído que aquél era el nombre verdadero del prelado. Sea como sea, la mención provocó una risa contagiosa entre los niños, que la mirada fulminante de la tía Conchita no consiguió cortar de raíz.

—Ya ves lo que has conseguido con tus gracietas, dijo olvidando la posibilidad de que aquel reproche fuera dirigido a un implacable esbirro del Komintern.

Se había calmado la risa entre los menores cuando oímos la carcajada de Manifiesta y ya nada pudo reprimir una hilaridad generalizada, que todavía duraba cuando sonó el timbre que anunciaba la llegada del ilustre huésped y con él del principio de la historia que me he propuesto relatar.

* * *

El señor obispo era un hombre de edad indefinible, lo que suele significar que parecía un viejo bien conservado. Bajo de estatura, corpulento de complexión, piel color de tierra labrada, expresión hierática. Tenía la cara ancha, los ojos achinados, los labios carnosos, la nariz roma y el cabello negro, espeso, lacio y lustroso. A decir verdad, y de esto hasta la tía Conchita se dio cuenta en seguida, el señor obispo respondía con exactitud al mote que le había precedido. Tal vez por esta razón su presencia habría producido una profunda decepción en los presentes de no haber sido por lo solemne de la indumentaria: la sotana y la muceta negras con ribetes morados, al igual que la botonadura y el solideo, la faja y los guantes, por no hablar del pectoral de plata sujeto por un cordoncillo en comba. Era como si hubiera entrado en el salón un personaje de cuadro antiguo milagrosamente arrancado del lienzo y dotado de los movimientos maquinales y prudentes de quien después de haber permanecido enmarcado y colgado durante siglos en la sala de un museo se aventurase en el mundo de los vivos. Ahora la extraña aparición se había quedado inmóvil en mitad del salón, con la mirada vidriosa, con una mano medio levantada y la otra colocada sobre el pectoral. Hubo un instante de estupor entre los parientes congregados, que esperábamos ver desmontarse de un momento a otro el maniquí, hasta que la tía Conchita, más imbuida de la representación que de la realidad, se separó del grupo, fue hasta el obispo, hincó una rodilla en tierra y le besó el anillo con una vehemencia que resucitó bruscamente a la efigie.

—Por favor, señora, murmuró con un acento peculiar, álcese.

—Ilustrísima, murmuró mi tía atropelladamente, bendiga esta casa y a quienes en ella se encuentran.

—Perdón, señora, ¿qué quiere usted que haga?

Sin ser notado de nadie había entrado en el salón, a la zaga del obispo, un sacerdote joven, alto, enjuto, bien parecido, con unas gafas de montura de oro que enmarcaban una mirada inteligente, un punto socarrona, el cual, tomando suavemente a la tía Conchita del brazo, la izó sin hacer fuerza y dijo en voz alta y clara para ser oído de todos:

—Monseñor Putucás acusa la fatiga. Apenas desembarcado ha tenido una reunión con el señor obispo de Barcelona y otros prelados, seguida de una sesión organizativa. Tal vez lo mejor, añadió entornando los párpados, sería conducirle a su habitación, si está dispuesta, para que pueda descansar. Mañana le espera una larga jornada.

La placentera inmovilidad del ilustre huésped y la voz serena y meliflua de su acompañante nos habían dejado a todos con la boca abierta. La tía Conchita acertó a decir:

—No faltaría más, padre. Ahora mismo... Confío en que le parecerá bien el arreglo...

—Oh, no pase usted cuidado, atajó el melifluo acompañante, monseñor Putucás es de costumbres ascéticas y en estos momentos sólo desea dormir. Me ha hecho saber mientras veníamos que no tiene hambre; en el obispado se ha servido un tentempié a sus ilustrísimas. Pasar un momento por el baño y reposo, nada más. Muchas gracias.

Con estas palabras inapelables, y precedido de la tía Conchita y de la Leres, se llevó al obispo pasillo adentro, dejándonos sumidos en el desconcierto: nadie se atrevía a hacer ningún comentario, hasta que al tío Víctor, con el sentido común inherente a los mentecatos, se le ocurrió preguntar qué pasaría ahora con la merienda. El tío Agustín agradeció esta oportunidad de tomar de una vez el mando de su propia casa y dispuso que pasáramos todos a la cocina y allí diéramos cuenta de los emparedados y los pastelillos, con lo cual dejaríamos en silencio la parte del piso donde estaban los dormitorios. Cumplimos prontamente la orden, comimos con rapidez y voracidad y luego cada cual se fue a su casa.

En los días siguientes a este primer encuentro tan poco alentador, volvimos a ver en varias ocasiones a monseñor Putucás, pero siempre de lejos, rodeado de otros obispos y de una multitud de sacerdotes y frailes y monjas, por no hablar de fieles de toda edad y condición, unas veces en misas concelebradas, ataviado con vistosas casullas, otras en confesiones multitudinarias, con la sobrepelliz y la estola, y una, que dejó un recuerdo imborrable en todos los asistentes, con capa pluvial, báculo y mitra, en la gran procesión que atravesó el centro de Barcelona con motivo de la llegada del cardenal

Tedeschini, enviado especial de Su Santidad el Papa al Congreso Eucarístico.

Entre las influencias y los amigos de la familia, siempre teníamos a alguien con domicilio u oficina desde cuyos balcones se podían ver los actos sin apretujones, descansar de cuando en cuando y, por añadidura, comer y beber las cosas preparadas por los anfitriones de turno, con lo cual el Congreso, destinado a fomentar la piedad, la oración y la penitencia, se convirtió para nosotros en una fiesta continua y una ocasión para estrenar ropa y acostarse tarde.

Monseñor Tedeschini había sido embajador del Vaticano en España en los agitados años que precedieron a la guerra civil. Enemistado con el gobierno, Pío XII lo enviaba ahora, en un acto de reconciliación o de poderío, según se mire, a recorrer las calles de Barcelona envuelto en la devoción al Santísimo. Desde un balcón abarrotado, los más pequeños con los morros todavía pringados de chocolate con nata, toda la familia contemplaba la interminable comitiva de autoridades eclesiásticas, civiles y militares, presidida por una enorme carroza en la que iba la famosa custodia de Arfe, traída especialmente de Toledo para la ocasión prodigiosa, una pieza imponente de varios metros de altura y hecha, según contaban los periódicos, de más de 15 kilos de oro y casi 300 kilos de plata, sin contar las piedras preciosas y las innumerables figuras finamente labradas que la adornaban, y sobre la carroza, postrado ante la custodia que contenía la sagrada forma, iba el cardenal Tedeschini, vestido de blanco, viejo y enjuto, como una réplica fidedigna de Pío XII, mientras a lo largo del recorrido una multitud ingente cantaba a voz en cuello el himno del Congreso Eucarístico. A la carroza le seguía un apretado séquito de obispos venidos de todo el mundo, entre los cuales, no sin trabajo, conseguimos distinguir con orgullo al nuestro, en una actitud de recogimiento que mereció que alguien lo describiera como «transfigurado», con lo que todos olvidamos su escasa sociabilidad y sus facciones de terracota y nos sentimos temporalmente elevados por encima de nuestras miserias terrenales.

Posteriormente la tía Conchita contó, o alguien de la familia contó que la tía Conchita le había contado los momentos de intimidad que ella, su marido y sus hijos habían disfrutado en compañía de monseñor Putucás cuando éste, concluida la larga jornada de actos, se retiraba a descansar a su alojamiento y sus anfitriones podían gozar del privilegio de su compañía. Bien es verdad que en estos momentos de asueto, monseñor Putucás era presa del cansancio producido por largas horas de actividad pastoral y, más aún, por las emociones generadas por la arrolladora devoción de una población enfervorecida. Aún así, monseñor Putucás había sacado fuerzas de flaqueza para mostrar su gratitud, elogiar a todos los integrantes de aquel hogar modélico (éstos fueron exactamente los términos empleados), expresar su satisfacción por la buena marcha del Congreso e incluso cambiar algunas impresiones con el tío Agustín sobre temas de interés general.

Pero una tarde, tal como constaba en el minucioso programa de actos litúrgicos, aunque nadie hubiera reparado en ello a causa del ajetreo, el señor obispo volvió a casa antes de lo previsto y encontró a la tía Conchita sin más compañía que la del servicio, puesto que su marido y sus hijos no tenían previsto llegar hasta la hora de la cena. A solas con el obispo, la tía Conchita le rogó que se sentase un rato con ella en el salón, dio orden de que nadie los molestara bajo ningún pretexto, cerró las puertas y pidió a su ilustre huésped que se dignase escucharla en confesión. Al principio su ilustrísima se mostró sorprendido y algo aturdido por esta petición inesperada, pero acabó comprendiendo que no podía negarse a corresponder a las atenciones que mi tía le había prodigado, de modo que accedió, fue a su cuarto a buscar la estola, se sentó en una butaca y dejó que mi tía se arrodillara junto al brazo de la butaca y musitara la fórmula de rigor. Luego, advirtiendo la timidez repentina que amordazaba a la piadosa mujer, la animó mascullando: ándele.

Mi tía no tenía muchos pecados que confesar, por no decir ninguno. De su vida estaban excluidas las tentaciones de la carne, así como las ocasiones de incurrir en la codicia y en la gula, no era iracunda ni soberbia de natural, aborrecía la mentira y cumplía sobradamente con los sacramentos, los ayunos y los preceptos. Pecados más profundos habrían requerido una capacidad de análisis fuera del alcance de mi tía. Aparte de algunas faltas, que confesó a regañadientes, porque su propia pequeñez y su carácter pueril mortificaban su orgullo, lo único que le preocupaba era participar de la injusticia reinante en el mundo. Las invectivas evangélicas contra los ricos, en cuyas filas se incluía sin ambages a la hora de culpabilizarse, le planteaban una angustiosa incertidumbre sobre su eventual salvación eterna.

—Jesucristo dijo lo del camello y el ojo de la aguja, ilustrísima. ¿Cómo lo debo interpretar?

El señor obispo se había quedado un poco traspuesto y la pregunta lo puso en un brete. Después de meditar un rato, carraspeó y dijo:

—Como una metáfora, hija mía.

Esta respuesta desconcertó un poco a la tía Conchita, que sin embargo reaccionó pensando que sin duda el obispo de Quahuicha estaba acostumbrado a tratar con una feligresía inculta, compuesta de indígenas. El que la tratase a ella con el mismo paternalismo, sin percatarse de la diferencia, le escoció, pero achacó el desliz al cansancio y añadió:

—Sí, ilustrísima, pero Jesús también nos ordenó vender nuestras riquezas y repartir el dinero entre los pobres. ¿Debo hacerlo?

El obispo pensaba con lentitud y hablaba con una cachaza exasperante.

—Verás, hija mía, desde un punto de vista técnico, tú no puedes disponer de los bienes familiares sin el consentimiento de tu esposo.

—Ilustrísima, dijo mi tía con un deje de impaciencia en la voz, en Cataluña el matrimonio se rige por el principio de separación de bienes, salvo pacto en contrario. El patrimonio familiar es privativo de mi marido: es él quien gana dinero; yo lo administro, pero sólo soy una pobre ama de casa. Por otra parte, aunque vivimos holgadamente, no disponemos de una gran fortuna. Somos ricos en términos comparativos, no en términos absolutos. Aunque quisiéramos, poco podríamos hacer para poner remedio a tanta necesidad y tanta miseria como nos rodea. Por otra parte, hemos de pensar en el futuro y atender a la educación de los hijos. Todo esto ya lo sé.

Estos razonamientos se los había hecho a sí misma en repetidas ocasiones para aplacar el temor a verse condenada a las penas eternas del infierno. Pero le quedaba un último rescoldo de duda que algunas noches le impedía dormir y que no había expuesto nunca a su confesor por considerarlo persona de poco calado intelectual. Ahora había llegado el momento de aclarar la cuestión.

—Pero hay algo, ilustrísima, que podría hacer y no he hecho.

—¿Y qué vaina es ésa, hija mía?, preguntó el obispo.

Sin responder, la tía Conchita se puso en pie apoyándose en el brazo de la butaca, se alisó la falda y dijo:

—Ilustrísima, quiero enseñarle algo. Pero le recuerdo, con el debido respeto, que aunque hayamos abandonado nuestro sitio, el sacramento no ha concluido y sigue vigente el secreto de confesión.

Ahora fue el obispo quien se quedó un poco desconcertado, pero como no se atrevía a contradecir a su anfitriona, se levantó a su vez y la siguió hasta el otro extremo del salón. La tía Conchita comprobó con la mirada que todas las puertas seguían cerradas, se acercó a un cuadro colgado de la pared, pasó la mano por la parte inferior del marco de madera dorada, accionó un resorte y el cuadro giró sobre unas bisagras, dejando al descubierto una caja de caudales empotrada en la pared. Acto seguido, ante el asombro de su huésped, hizo girar la rueda hasta componer la combinación, movió la palanca y abrió la puerta de la caja. En su interior se amontonaban carpetas de documentos y algunas cajas de distintos tamaños. La tía Conchita sacó un joyero de caoba, abrió el cierre, levantó la tapa y mostró su contenido al obispo.

—Vea, ilustrísima. Este collar perteneció a mi madre. Estos pendientes de perlas también eran de mi madre, pero ella, a su vez, los había heredado de mi abuela y ésta de mi bisabuela: han ido pasando de madres a hijas, como se suele decir en estos casos. Este anillo me lo regaló mi marido cuando nació nuestro primogénito... En fin, no le aburriré con las historias de cada una de las piezas. Si le cuento estas cosas es para que vea que cada una va asociada a un hecho importante de mi vida: el nacimiento de un hijo, el recuerdo de mi madre...

—Sí, me hago cargo, pero no veo...

—¿La razón?, dijo mi tía cerrando la tapa del joyero y colocándolo de nuevo dentro de la caja fuerte. Nada más sencillo, ilustrísima. A menudo me pregunto si no debería vender estas joyas y destinar el producto de la venta a obras de beneficencia.

—¿Dárselo a los pobres?, preguntó el obispo como si la idea de hacer algo por los menos favorecidos nunca hubiera cruzado por su cabeza. ¿Para qué?

—Para aliviar sus necesidades. Comprar las cosas que tanto necesitan. Esto está en consonancia con las palabras del Evangelio: ganad amigos por medio de las riquezas injustas para que cuando éstas falten, os reciban en las moradas eternas.

—Ay, chihuahua, ¿eso dice el Evangelio?

—Di por sentado que conocía usted el pasaje, ilustrísima. Es la parábola del mayordomo fiel.

—Pues nunca la oí, señora. Pero creo que debería usted cerrar la caja fuerte, no vaya a sorprendernos alguien y pensar Dios sabe qué.

Mi tía hizo lo que le sugería el obispo y dijo:

—Por el servicio no debe tener cuidado. Conocen la existencia de la caja oculta detrás del cuadro, pero no la podrían abrir aunque quisieran. Además, son de toda confianza. En cuanto a la cuestión moral que le he planteado, ¿qué opina, ilustrísima? ¿Debo vender mis joyas?

El atribulado obispo dio unos pasos por la alfombra

del salón. Luego abrió los brazos en cruz y exclamó:

—Nunca me habían hecho una pregunta semejante, señora, no sé cómo contestar. Pero una cosa le diré según mi pobre experiencia. Estas alhajas tienen para usted un gran valor sentimental, eso las convierte en algo muy importante, no sólo en relación con su precio. Por ejemplo, esos aretes que pasan de generación en generación, pues no los puede usted vender, porque ahora son suyos, pero es como si los tuviera en depósito, para cuidarlos y pasárselos a su hija el día de mañana, y de este modo continuar la cadena. Y otras piezas son parte de su vida espiritual: el nacimiento de un hijo, nada menos. Y luego está el valor económico de las piezas en sí mismas. Mire, hija, en la región de donde yo vengo se encuentran a veces piedras preciosas. Rubíes, amatistas, ópalos. Muy pocas, bien es verdad. Pero si un campesino, en su extenuante labor, encuentra una de estas piedras, levanta los ojos al cielo y da gracias a la Santísima Patrona de Quahuicha, porque con este regalo de la Madrecita podrá pagar sus deudas o pasar una temporada sin hambre para él y su familia. Y luego están los que tallan las piedras, y los que las engarzan de un modo tan lindo y bien trabajado. Estos aderezos representan mucho para muchas gentes; no se puede uno desprender de ellos así como así, por un mero escrúpulo de conciencia. Yo, señora, no he visto todavía nada de España, ni tan sólo de Barcelona, tan ocupado anduve desde que llegué. De seguro acá también habrá pobreza. Pero tengo por cierto que el más pobre de acá es rico comparado con un pobre de mi tierra. Hágame caso, señora, guarde lo que Dios le dio y no piense más en pendejadas. De los demás pecados ahora mismito le doy la absolución, y luego, si me lo permite, me iré a descansar un poco antes de la cena, porque la caminata de hoy me dejó muerto.

Después de mucho meditar sobre el significado de aquella enseñanza, que la tía Conchita se resistía a considerar fruto de una extrema ligereza, llegó a la conclusión de que las palabras del obispo Putucás la conminaban a dejar las cosas como estaban, y así lo hizo.

* * *

Aún asistimos a varios actos antes de la clausura del Congreso Eucarístico, y tuve la ocasión de ver alguna vez más a nuestro obispo en el ejercicio de sus funciones. Cuando rememoro el conjunto de aquellos días asombrosos, advierto sin extrañeza que mi familia, tan devota y tan entusiasta, que vivía con tanta entrega los acontecimientos y estaba tan convencida de su trascendencia, jamás participó en ellos. Ni en las procesiones, ni en las confesiones colectivas, ni en las misas multitudinarias. Todo lo veíamos apiñados en un balcón, comiendo pasteles. Y aunque con frecuencia veía resbalar las lágrimas por las mejillas empolvadas de mis tías e incluso humedecerse los ojos de los hombres, siempre reacios a expresar sus emociones, a nadie se le ocurrió abandonar la formación y sumar su cuerpo y su fervor al enardecido gentío, no porque se lo impidiera un absurdo vestigio aristocrático que identificara pasar de espectador a partícipe con descender al nivel del vulgo, sino por un temor ancestral a abandonar la cerca protectora levantada alrededor de la tribu. Pero entonces ni yo ni nadie de la familia se daba cuenta de esto: subyugados por un ambiente creado por la multitud, creíamos estar contribuyendo de un modo decisivo al éxito de la convocatoria. Porque, en efecto, las cosas funcionaban de un modo espléndido, con la precisión de los actos meticulosamente programados pero sin perder por ello un ápice de sinceridad y de frescura. Sólo al final, y precisamente dentro de nuestro círculo, tan bien guardado, se produjo un hecho repentino y catastrófico.

Yo fui testigo presencial del suceso, porque aquel día, al salir del colegio más tarde de lo habitual, retenido por una de las muchas ofrendas a María acompañadas de alocuciones, rezos, jaculatorias y cantos, encontré en la puerta a mi madre, que me venía a buscar para llevarme a casa de la tía Conchita, porque al día siguiente, coincidiendo con la clausura del Congreso Eucarístico, el obispo Putucás regresaba a su diócesis de Quahuicha, y con tal motivo la familia le daba una pequeña fiesta de despedida.

Llegamos los últimos. Toda la familia estaba congregada en el salón, como el día en que llegó el obispo. En realidad, poco tiempo separaba las dos celebraciones, pero las experiencias habían sido tan intensas que nos parecía un largo periodo. Ahora, sin embargo, como pudimos percibir de inmediato, la gozosa expectación del primer día había sido sustituida por un ominoso silencio. Mi madre preguntó a la Leres si había pasado algo y la pobre muchacha hizo un gesto grave con la cabeza.

En el salón reinaba una callada consternación. El tío Fran salió a nuestro encuentro, nos llevó a un rincón y en susurros nos puso al corriente de lo sucedido. Hacia las seis de la tarde, hora española, había llegado la noticia de que en la madrugada del mismo día, hora local, en el país del señor obispo había estallado la revolución.

La información era contradictoria y fragmentaria, debido a la precariedad de las comunicaciones y a la diferencia horaria; en un país tan diminuto ni los periódicos ni las agencias de noticias tenían corresponsales, por lo que había que esperar la información procedente de México y de La Habana, donde tampoco se sabía gran cosa. Al parecer, el ejército o una parte del ejército había dado un golpe de Estado y se había constituido en junta militar. Se hablaba de resistencia armada y de un número indeterminado de muertos. Lo único cierto era esto: que el señor obispo no podía regresar a su país.

—Por lo visto, dijo el tío Fran, a causa de su postura a favor de los pobres, la junta militar ha puesto precio a su cabeza.

De momento, la preciada cabeza estaba oculta entre las manos rollizas del obispo, que expresaba de este modo su aflicción. Excitado por la proximidad de una persona condenada a muerte, me acerqué a él y le oí murmurar:

—¡Mi pobre país! ¡Mi pobre y chingado país!

Suspiró hondamente y añadió como parte de su lamentación:

—¡Y yo acá, sin plata, sin ropa! ¿Qué va a ser de mí?

No pude oír más porque mi madre me tiró de la manga y me hizo retirar al rincón donde estaban congregados mis primos.

Al cabo de un rato, el tío Agustín consideró llegada la hora de romper aquel inmovilismo que amenazaba con durar toda la noche, se adelantó hasta colocarse al lado del atribulado obispo, le puso la mano en el hombro y en voz alta y clara le dijo que lamentaba mucho lo ocurrido, contra lo que nada podíamos hacer, pero que por su situación personal no debía preocuparse: aquélla era su casa y podía quedarse en ella hasta que las cosas se resolvieran de un modo u otro.

Este último matiz revelaba la inquietud del tío Agustín y llevaba implícita la advertencia de que, fuera cual fuese el curso de los acontecimientos, habría que buscar alguna salida a la situación presente. Era evidente que en los planes del tío Agustín no entraba la posibilidad de tener al obispo hospedado a perpetuidad. Pero en aquel momento tanto el obispo como el resto de los presentes percibimos únicamente la generosidad del ofrecimiento. El interesado expresó su agradecimiento con murmullos ininteligibles y los demás nuestro admirado asentimiento con un murmullo.

Pero, tal y como había previsto el tío Agustín, las cosas no eran tan sencillas. Acabado el Congreso, la ciudad se apresuraba a recuperar la normalidad con gran diligencia, porque los actos conmemorativos habían producido grandes efectos espirituales y también grandes efectos materiales cuyos beneficios se irían apreciando gradualmente, pero también habían ocasionado una interrupción de las actividades públicas y privadas de los ciudadanos y un dispendio generalizado cuyos efectos ya se hacían sentir. Desaparecieron las iluminaciones, las banderas y los gallardetes y fueron desmontadas las estructuras levantadas para la ocasión y que ahora constituían un estorbo para la circulación de vehículos y peatones. La gente se puso a trabajar y en el colegio se reanudó el horario habitual de clases con un ahínco encaminado a recuperar las horas perdidas y a canalizar el incentivo derivado de tanta exaltación moral y tanta prédica.

Al cabo de un par de días, mi padre, que había ido a ver a su hermana Conchita para ofrecer nuestra escasa ayuda, comentó durante la cena la marcha de los acontecimientos.

Como se había anunciado en un principio, la junta militar había iniciado una encarnizada persecución de las personalidades del régimen depuesto, una de las cuales era, efectivamente, nuestro obispo, debido a su cargo y también, como nos había dicho el tío Fran, a sus inclinaciones políticas. Por otra parte, el obispado de Barcelona, elevado a la categoría de arzobispado por Su Santidad el Papa a raíz del éxito del Congreso Eucarístico, había comunicado al tío Agustín sin rodeos que no podía hacerse cargo del hospedaje ni de la manutención del obispo Putucás, toda vez que la organización del Congreso había dejado exhaustas las arcas de la archidiócesis. Lo mismo, añadió, habían manifestado las autoridades civiles, igualmente gravadas con los gastos extraordinarios relacionados con la presencia en la ciudad de tantos forasteros. Ahora las gestiones se habían trasladado al Ministerio de Asuntos Exteriores y al Ministerio de la Gobernación, hasta tanto no se determinara sobre cuál de los dos recaía la competencia del caso, y, en última instancia, al propio Jefe del Estado, recién regresado a su residencia de El Pardo, después de haber pasado varios días en Cataluña.

El resultado de estas gestiones no se hizo esperar. La calma había vuelto al país del obispo, donde la junta militar controlaba la situación y, una vez lograda la estabilidad, había dado a conocer los motivos de su acción y sus intenciones. Habían dado un golpe de Estado para poner fin al desorden y la corrupción reinantes al amparo del régimen anterior, así como atajar el avance del comunismo, hacia el que dicho régimen se había ido orientando de un modo creciente, motivo por el cual sus principales dirigentes ya habían sido pasados por las armas. Ahora la junta reiniciaba el camino hacia la democracia, la garantía de los derechos constitucionales para todos los ciudadanos, el cumplimiento de los acuerdos internacionales y la inminente convocatoria de elecciones generales. Ante esta actitud, el nuevo gobierno había recibido el reconocimiento del gobierno español y posteriormente del gobierno de Estados Unidos y, no sin reservas, de todos los gobiernos occidentales.

La noticia fue un jarro de agua fría en casa de la tía Conchita y el tío Agustín, porque no sólo excluía la posibilidad de que las autoridades españolas se hicieran cargo del obispo ofreciéndole un asilo que le indispondría con el gobierno recién reconocido de una república hispanoamericana, sino que arrojaba una luz nueva y poco favorecedora sobre monseñor Putucás, pues si, como en un principio se había dicho, la condena del obispo era debida a sus actividades políticas, y el gobierno legítimo que la había dictado actuaba movido por un decidido anticomunismo, la conclusión saltaba a la vista. Esto complicaba las cosas doblemente, porque el tío Agustín Voralcamps (antes Agustí Voralcamps) tenía amigos en todos los estamentos gubernamentales, había recibido varias condecoraciones por su trabajo al servicio de la ciudad y basaba en este prestigio la buena marcha de sus negocios, pero no podía desprenderse de la sospecha de haber tenido e incluso de seguir teniendo veleidades catalanistas, lo cual le obligaba a medir sus actos y sus palabras, a extremar sus muestras de adhesión a los principios del Movimiento y, en suma, a velar muy concienzudamente por su reputación. En estas condiciones, la presencia continuada en su casa de un extranjero acusado de connivencia con elementos revolucionarios era intolerable, y así se lo comunicó a su mujer, la cual, después de asegurarle que ella se había limitado a complacer el ruego del arzobispado albergando a un huésped en cuya elección no le dejaron participar y de que lo ocurrido en el país de procedencia del obispo Putucás escapaba totalmente a sus cálculos y, por supuesto, a su capacidad de decisión, hizo ver a su marido que tampoco podían poner en la calle a un individuo que, por las razones que fuesen, se hallaba en una situación de desvalimiento que lo condenaba a la indigencia, a lo que mi tío, que por lo general siempre acababa dando la razón a su mujer, no porque la temiera, sino porque reconocía su sensatez y su sentido práctico y al mismo tiempo la solidez de los principios que cimentaban sus propuestas, respondió tranquila y pausadamente mientras cogía de la mesa el periódico de la tarde y se arrellanaba en su butaca:

—Me parece muy bien. Haz lo que mejor te parezca.

Abrió el periódico, buscó la página de deportes y antes de desaparecer tras las hojas desplegadas añadió en el mismo tono:

—Pero antes de veinticuatro horas tiene que estar fuera de casa este indio de mierda.

Mi tía no era tonta y comprendió que las palabras del tío Agustín no admitían réplica; también comprendió, tal vez de un modo instintivo, que si obedecía la orden, acatando una autoridad consagrada por el sacramento del matrimonio, resolvía sin responsabilidad personal un problema que le preocupaba tanto como a su marido, si no más. Porque además del engorro práctico y social que suponía la presencia indefinida de un extraño en la casa, con la consiguiente alteración de la rutina familiar, a mi tía le resultaba muy incómodo convivir con una persona ante la que había desnudado su alma y expuesto sus escrúpulos en confesión, contando con que pronto la perdería de vista. De modo que no desperdició un instante en discutir la orden y se puso a buscar la forma de cumplirla salvando cuanto hubiera de ser salvado. Inventar un pretexto para obligar al obispo Putucás a dejar la casa no era difícil: su estricta conciencia no excluía el recurso a la mentira piadosa. Por lo demás, no era su propio interés el que forzaba la expulsión, sino una combinación de circunstancias de cuyo desarrollo sólo el propio obispo se había hecho responsable por actos cometidos antes de entablar relación con nuestra familia y sin haberla advertido de que, al acogerle, introducían en su casa a un elemento subversivo y ahora, por añadidura, a un proscrito. En definitiva, hospedarlo a sabiendas de su pasado equivalía a hacerse cómplice de los errores, por no usar términos como delito o pecado, en los que el huésped hubiera podido incurrir. Sin embargo, la misma conciencia que la exoneraba de culpa, le impedía dejar a ese mismo huésped en la calle sabiéndole impecune, rechazado de todos y sin posibilidad de ganarse la vida, porque, ¿a qué empleo podía aspirar una dignidad eclesiástica que, dicho sea de paso, no parecía capacitada para otra cosa que asistir a actos ceremoniales y actuar en ellos como mero figurante, a toque de corneta?

Andaba enfrascada en estas cavilaciones cuando se presentó mi padre a interesarse por la situación. Mi tía le puso al corriente de lo sucedido, sin omitir la lapidaria conminación de su marido. Y seguramente mientras se desahogaba contando a su hermano sus preocupaciones, se le ocurrió la forma de resolverlas.

Al día siguiente, a una hora en que sabía que mi padre estaría en el Apeadero del Paseo de Gracia desempeñando mal que bien su cometido y yo en el colegio, se presentó en nuestra casa sin previo aviso y habló con mi madre del modo sincero y sin rodeos que siempre empleaba, por nobleza o por arrogancia, si ambas cosas no son en el fondo la misma. En pocas palabras le explicó que el obispo Putucás debía abandonar su casa por razones imperiosas y sin demora, como mi padre seguramente ya le habría contado, que el obispo Putucás no tenía adónde ir ni medios para pagar un alojamiento, que el tío Agustín y ella, por la ley de la hospitalidad y por caridad cristiana, se sentían, hasta cierto punto, responsables del obispo, pero que no consideraban delicado, adecuado, ni siquiera admisible, colocarlo en una pensión a sus expensas, y que por todo lo antedicho se le había ocurrido que nosotros podíamos dar albergue provisional a su ilustrísima. Sabía que disponíamos de una habitación libre, ¿nos importaría alojarlo hasta que concluyeran los trámites encaminados a conseguirle asilo político en España, en el Vaticano o donde se lo quisieran conceder?

Yo no sé si mi madre sentía por la tía Conchita la animadversión que cualquier persona en sus circunstancias debería haber sentido, pero si era así, nunca lo dijo ni lo demostró, probablemente porque apreciaba la tolerancia callada, espontánea y sincera de la tía Conchita hacia las flaquezas de mi padre, a quien por encima de todo seguía considerando un miembro más de la familia y a quien profesaba el amor incondicional de las mujeres por sus hermanos menores, sobre todo si son un poco inútiles y zascandiles. Y también porque sin duda mi madre, que nos quería mucho a mi padre y a mí, estaba dispuesta a tragarse su orgullo y su irritación para no causarle un dolor a él y para ahorrarme a mí la penosa experiencia de estas desavenencias sordas, que envenenan la vida de quienes han de vivir con ellas día tras día. Sea como sea, mi madre se limitó a dar su conformidad sin poner ningún reparo. Hay que decir que durante los días en que la presencia de monseñor Putucás fue un motivo de orgullo, la tía Conchita aprovechó todas las oportunidades razonables para hacernos partícipes de la distinción, y que gracias a la influencia de su marido, pero, en última instancia, gracias a la determinación de la tía Conchita por englobar a toda la familia en sus privilegios particulares, habíamos podido disfrutar del espectáculo ciudadano sin las caminatas, las largas horas de espera y las aglomeraciones propias de estos casos. Por lo demás, es posible que en la actitud complaciente de mi madre interviniera la satisfacción de poder mostrarse generosa con mis tíos, a quienes debíamos tantos favores y a quienes sin duda habríamos de seguir recurriendo a menudo en el futuro.

De modo que mi madre aceptó la propuesta de la tía Conchita y en pocos minutos las dos mujeres, poseedoras por igual de un gran sentido práctico, se pusieron de acuerdo en los detalles.

Aunque nuestro piso era pequeño, disponía, efectivamente, de una habitación libre: una pieza rectangular, angosta, con un ventanuco abierto al patio de cocinas, a la que mi madre se retiraba a coser o, cuando se lo permitían los quehaceres domésticos, a leer las revistas ilustradas y las novelas que le prestaban. Esta habitación estaba ocupada en su mayor parte por una cama turca que hacía las veces de sofá a la espera de que algún día tuviéramos invitados. Como esta posibilidad era muy remota, yo supongo que mi madre había instalado allí la cama para poder dormir en ella si el estado de mi padre lo hacía aconsejable, una eventualidad que hasta el momento no se había presentado nunca o que, si se presentó, yo nunca lo supe.

Dando por supuesta nuestra precaria situación económica, la tía Conchita dijo que ella correría con los gastos que ocasionara el huésped, tanto los derivados de su alimentación como cualesquiera otros, y la criada Manifiesta vendría todos los días a hacer la cama de su ilustrísima, lavar su ropa y ayudar en los trabajos de la casa. De esta forma se compensarían las molestias causadas por la presencia constante de un extraño. Cualquier otro aspecto del problema sería considerado y resuelto cuando se presentase, dada la imposibilidad de prever todas las contingencias de una situación tan anómala.

Aquella misma tarde, antes de que mi padre regresara del trabajo, monseñor Putucás, ordinario de Quahuicha, ya estaba instalado en su cuartito y sus escasos enseres en el lugar que se les había destinado. Cuando mi padre abrió la puerta, mi madre salió a su encuentro y en el recibidor le puso al corriente de lo sucedido. Mi padre asintió con la cabeza y el asunto quedó zanjado. De este modo empezamos a convivir con su ilustrísima, a quien pronto, no sé si por iniciativa suya o porque las circunstancias así lo propiciaban, llamamos don Fulgencio y en seguida Fulgencio a secas.

* * *

Cuando ahora evoco aquellos años lo hago con una nostalgia que proviene del presente, no del pasado. No tuve una infancia feliz ni desgraciada. Objetivamente considerada, podría decir que algunas nubes la ensombrecieron, pero la infancia no se vive objetivamente. Mis padres y yo formábamos una sociedad tan reducida como autosuficiente. Aunque los dos eran tímidos de carácter y muy poco expresivos por temperamento y por educación, siempre supe que me querían mucho y, lo que es más importante, su parca forma de quererme era exactamente la que a mí me gustaba. Sin ser alegres ni ruidosos, no éramos presa fácil del desánimo ni del hastío. Por supuesto, la adicción de mi padre a la bebida puede considerarse una desgracia, y sin duda lo era, pero no en los términos habituales, al menos en aquel periodo. Nunca le vi comportarse de un modo agresivo ni lacrimoso ni recalcitrante cuando había tomado unas copas de más, o sea, a diario. Si no podía beber, no experimentaba agitación, sino lo contrario: se ponía melancólico hasta que una pequeña dosis de alcohol le devolvía el buen humor. Esta imagen beatífica no significa que mi padre hubiera alcanzado la paz espiritual, sino el embrutecimiento etílico con todas las consecuencias que eso trae consigo: en el trabajo era impuntual, olvidaba los encargos y las órdenes recibidas, perdía los documentos que se le confiaban y si bien nunca se mostraba insolente ni pendenciero, tampoco se mostraba excesivamente atento ni respetuoso, cosa nefasta en un país y en una época en que, si bien los inútiles e irresponsables como mi padre encontraban fácil acomodo en una burocracia gigantesca, premiosa e improductiva, la tolerancia con la ineptitud y los defectos personales venía compensada por un extremo rigor en lo tocante a la reverencia jerárquica y a la adulación. Por este motivo, nunca ascendió: en el trabajo fue un paria, objeto de frecuentes bromas por parte de sus colegas y de broncas por parte de sus superiores, lo que le sumía en un abatimiento que combatía bebiendo. Mi madre llevaba su suerte con tranquilidad. De familia humilde, carente de educación y de mundo y sin dotes personales dignas de mención, consideraba el matrimonio con mi padre como un golpe de fortuna. Estaba convencida, quizá sin saberlo, de que si mi padre no hubiera sido un hombre derrotado, no se habría casado con ella, y como pese a todo él siempre la quiso y la trató con respeto, fue un marido fiel y un buen padre y nunca nos faltó el sustento, la pobre consideró casi hasta el final que tenía más motivos de gratitud que de queja. De sus años de adolescencia conservaba un reducido grupo de amigas, todas las cuales se habían casado y tenido hijos, por lo que se veían muy de tarde en tarde; de estos encuentros y de los relatos que en ellos se intercambiaban, mi madre había sacado la conclusión de que, en fin de cuentas, de todos los matrimonios habidos en el grupo, el suyo era uno de los mejores, si no el mejor. Por lo demás, la perenne condición de mi padre no entorpecía su lucidez respecto de sí mismo, con lo que atribuía las estrecheces que pasábamos y el escaso prestigio de que gozaba exclusivamente a su propio defecto y a su falta de voluntad. Esta convicción, por lo demás exacta, le había salvado de pensar, como les ocurre a tantas personas, que una confabulación o una serie de circunstancias desafortunadas, o una mezcla de ambas cosas, es la causa de no haber medrado o tenido éxito o recibido honores, creencia que, cierta o falsa, engendra amargura y resentimiento. Mi padre no estaba enemistado con el mundo, sino todo lo contrario. Por esta razón y sin proponérselo, me inculcó la predisposición a considerar que nada se me debe por mis méritos innatos, sino sólo por el resultado de mis actos, a agradecer lo que me dan y a no dar la menor importancia a lo que le dan a otro en lugar de dármelo a mí. Con esta filosofía no he sido feliz, pero he vivido mejor que la mayoría de gente que conozco, y me he ahorrado mucho resquemor y muchos berrinches. Pero no es de mí de quien quería hablar.

El señor obispo entró en casa con la acobardada dignidad de un rey en el exilio. Con energía impidió que mi madre doblara la rodilla para besarle el anillo como había visto hacer a la tía Conchita unos días antes: empezaba una nueva etapa y le correspondía un nuevo comportamiento. Ahora soy uno de ustedes, dijo. Por otra parte, ya no traía puesto el anillo, ni tampoco el pectoral. Además de su valor litúrgico, eran dos piezas de oro y plata respectivamente y, sin ánimo de ofender, dijo, no podía andarlas llevando de aquí para allá. Antes de abandonar la casa de mis tíos se llevó aparte a la tía Conchita y le rogó que le guardara los dos objetos de valor en la caja fuerte que ella misma le había mostrado hasta tanto la voluntad de Dios le permitiera volver a revestir las insignias de su ministerio. Ahora parecía un simple cura de pueblo, vestido con una sotana que, a la luz despiadada de la bombilla del recibidor, se veía vieja, lustrosa y descolorida, algo que nadie había notado con la muceta, el solideo y los guantes, bajo la luz delicada de la araña del salón de la tía Conchita, como el vestuario de un actor, espléndido en el escenario, bajo los focos, y deslucido y barato en la percha del guardarropía. El resto de sus pertenencias ocupaba una maleta grande, de madera, sujeta por una correa de cuero, que mis primos varones le habían ayudado a acarrear de la casa de mis tíos al taxi que lo trajo y que luego él mismo cargó desde el taxi al ascensor de nuestra casa. Casi toda la maleta estaba ocupada por la vestidura ceremonial que había lucido en las procesiones y actos públicos; su ropa de diario consistía en una sotana de recambio no mejor que la que llevaba puesta, varias mudas, tres pañuelos y unas zapatillas de felpa. Un neceser y unos libros completaban el inventario de sus pertenencias terrenales. La ropa de uso diario la colgó mi madre de un pequeño armario del cuarto de huéspedes donde solía guardar la ropa de verano fuera de temporada. Al hacerlo se disculpó entre confusa y divertida por el contraste de una sotana y una ropa interior de hombre, raída y remendada, aparejada en la estrecha oscuridad del armario con unos vestidos femeninos escotados, sin mangas, de telas ligeras y estampados alegres. De todas formas, añadió, ya teníamos el verano encima y pronto quedaría el armario expedito. El obispo masculló una protesta: era él quien había venido a perturbar el orden de un hogar cristiano, vino a decir. En un cajón metió el neceser para no mezclar sus artículos de tocador con los nuestros en la repisa de cristal del cuarto de baño. Las zapatillas encontraron acomodo bajo la cama.

Los primeros días transcurrieron en un decoroso protocolo. Mi madre se encerró en la cocina y aparecieron algunas viandas inusuales en nuestra escurrida mesa. Manifiesta, la criada de la tía Conchita, llegaba puntualmente a las once de la mañana y se quedaba hasta la una y media; como era muy hacendosa y muy bregada en las cosas de la casa y el obispo daba muy poco trabajo, el resto del tiempo ayudaba a mi madre, de modo que todo estaba reluciente y mi madre, más descansada. Lo más notable fue que este nuevo régimen influyó en mi padre, que por decisión propia dejó de beber y, de resultas de ello, se deprimió horrorosamente. En mi recuerdo, aquéllos fueron unos días ceremoniosos y muy aburridos. Una vez pasada la excitación del primer momento, se estableció una rutina que simulaba el sereno fluir de una existencia regulada y placentera, pero que nos puso a todos al borde de la exasperación. El obispo tenía poco que hacer. Por las mañanas iba a misa a la parroquia, volvía a casa, desayunaba y salía de nuevo a hacer gestiones relacionadas con su situación personal.

Estas gestiones, por lo que luego nos daba a entender con medias palabras y largos silencios cargados de pesadumbre, consistían en personarse en el obispado de Barcelona y preguntar si había llegado de su país alguna noticia relacionada con él o, de lo contrario, si la jerarquía eclesiástica había tomado alguna decisión sobre su presente y su futuro. Allí, en la penumbra de aquellas sigilosas antesalas, se producía el primero de una serie de malentendidos; monseñor Putucás, según alguien le contó confidencialmente al tío Agustín y a través de éste y de la tía Conchita llegó a nuestros oídos, era confuso de expresión y pobre de palabra, pero directo en la exposición de sus demandas, con lo que los intermediarios, cuidadosamente seleccionados por su habilidad para averiguar lo oculto, deducir lo silenciado e insinuar lo nunca dicho, se alarmaban ante aquel incomprensible abandono de las sutilezas de la diplomacia, en el que creían vislumbrar una intención oculta que escapaba a su entendimiento y que había que contrarrestar redoblando los subterfugios y las argucias. El obispo, que no entendía nada, unas veces salía de la entrevista convencido de que todo estaba claro y a punto de resolverse y otras veces salía convencido de que nada podía esperar de aquella turbia instancia, sin saber a qué atribuir aquel vuelco. En definitiva, el asunto no pasaba del primer peldaño funcionarial, donde todo se remansaba, pues precisamente su función era impedir que los órganos decisorios se vieran en la comprometida tesitura de tener que dar o quitar la razón a una de las partes o, en el peor de los casos, a tomar alguna medida de tipo práctico.

Por otra parte, el obispo Putucás carecía de toda capacidad de persuasión: hablaba muy despacio, en voz baja y monótona, y repetía cada frase dos o tres veces con ligeras variantes; luego, tras una larga pausa, volvía a repetir la misma frase, como si él fuera el primero en no prestar atención a su errático discurso. Esto cuando estaba locuaz, porque se notaba mucho que por su gusto habría permanecido siempre callado y que sólo hablaba con esfuerzo para no parecer huraño o altivo. Su estado natural era el mutismo, pero no el mutismo de quien observa, reflexiona y sigue el curso de sus propios pensamientos, sino un mutismo aletargado, como si su cerebro hubiera dejado de funcionar y su actividad intelectual hubiera entrado en un estado de suspensión que podía prolongar indefinidamente.

Con el obispo en estado vegetativo y mi padre amodorrado de resultas de su sobriedad, las cenas y las sobremesas se eternizaban a pesar de los esfuerzos de mi madre. La pobre debía de pensar que la presencia de aquel individuo exótico podría resultarme instructiva o al menos estimulante y compensar un poco la falta de incentivos de un ambiente familiar al que mi padre por su condición y ella por sus carencias podían aportar un magro acervo. Llevada de este buen deseo y viendo que de los labios del obispo no iba a salir ninguna máxima moral ni ningún pensamiento elevado, le hacía preguntas sobre su país y las gentes que integraban su feligresía, en el convencimiento de que la relación de otras formas de vida y otras costumbres, que ella imaginaba llenas de colorido, de música, de misterio y de aventura, ensancharían mi horizonte mental. Pero estos esfuerzos chocaban con la tenaz ineptitud de su interlocutor. Los indios de su región, a cuya etnia pertenecía y entre los que se había criado, no tenían a sus ojos nada extraño ni nada digno de ser contado; éramos nosotros los que le parecíamos exóticos, aunque tampoco por nuestro modo de vivir y de ver el mundo sentía el menor interés.

Al cabo de pocos días mi madre se desanimó y dejó de preguntar nada. Las cenas discurrían en silencio, hasta que el obispo, sin que viniera a cuento, tomaba la palabra y empezaba a contar algo que no parecía tener principio ni final, ni gracia ni sentido, y que se desparramaba como un gas inerte y soporífero por el comedor.

Mientras tanto el verano se nos había echado encima, los días se alargaban, el calor se hacía sentir, la humedad invadía todos los rincones, de día y de noche, y las personas se volvían remolonas, malhumoradas y sudorosas. El obispo no parecía molesto con aquel calor pegajoso que, según dijo, era el que imperaba en su tierra todo el año a todas horas. Pero con las sotanas que tenía no podía ir por el mundo. Todos lo veíamos y nadie se atrevía a tomar ninguna iniciativa al respecto, hasta que Manifiesta, siempre expeditiva, le dijo a mi madre que en casa de la tía Conchita había un saco de ropa usada con destino a la beneficencia, y en el saco, prendas de mi tía, de su marido y de sus hijos; buscando bien seguramente encontraría algo que le viniera al señor obispo, dijo Manifiesta, porque el tío Agustín era de complexión rolliza, como la del señor obispo, aunque de estatura más elevada, lo cual tenía fácil arreglo. La duda era si el señor obispo se avendría a llevar ropa de paisano. Mi madre se encargó de plantearle la cuestión, a la que el señor obispo, después de muchas vacilaciones, falsos inicios y murmullos inteligibles, respondió que no tenía el menor inconveniente en renunciar a su vestidura talar, tanto en casa como en la calle, toda vez que en su país los sacerdotes no llevaban sotana sino en contadas ocasiones, cuando habían de ejercer las funciones propias de su condición, pero no en la vida diaria, en parte por las condiciones físicas del lugar, cálido y selvático, y en parte porque tal era la costumbre. En un alarde de locuacidad raro en él, añadió que en algunos países de la región, colindantes con el suyo, estaba prohibido el uso de la sotana fuera de las iglesias y otros recintos consagrados al culto, ya que sólo podían llevar uniforme los militares, los policías y los bomberos. El Estado era laico y consideraba las asociaciones religiosas, inclusive la Iglesia católica, como meras asociaciones recreativas. Este escándalo no se daba en su propio país, pero la costumbre de vestir los curas de paisano se había impuesto como por contagio. De todos modos, dijo por último, el calor no le afectaba tanto como a nosotros, porque los indígenas, a diferencia de los blancos, de los negros y sobre todo de los mestizos, traspiran poco y si transpiran no huelen mal aunque no se laven. Era un don que les había concedido Dios. Ni siquiera los muertos olían mal, porque los cadáveres de los indios, si los dejaban al aire libre, o bien se pulverizaban o bien se momificaban, sin pasar por una fase de putrefacción. Esta información, una de las escasísimas que nos dio acerca de su país y su gente, a mi madre le pareció desagradable, morbosa y descortés y a mí me defraudó bastante: yo esperaba aprender de los indios algo que confirmara lo que había leído y visto en el cine. Que sabían seguir rastros con gran habilidad, que hacían señales de humo o que eran consumados caballistas.

Mientras yo digería mi decepción, mi madre y Manifiesta se pusieron manos a la obra y en dos tardes dieron vuelta a los puños y los cuellos de tres camisas y le ajustaron dos americanas y dos pantalones, de lo que resultaron dos trajes de verano, uno beige y otro de rayadillo. Las dos mujeres eran muy trabajadoras y apañadas, pero no grandes modistas. Como además no consideraron decoroso tomar medidas al señor obispo, el resultado dejaba bastante que desear. Y si despojado de los ornamentos ceremoniales perdía buena parte de su dignidad, con la ropa de paisano que le habían adaptado el bueno de Fulgencio acabó de perderla totalmente. Ellas, que sólo estaban preocupadas por el resultado, lo encontraron la mar de bien, pero cuando aquella tarde entró mi padre en casa y se encontró con el señor obispo, lanzó una carcajada y se curó de golpe de la depresión. En cuanto al propio interesado, la transformación pareció quitarle un gran peso de encima, como si al perder la dignidad hubiera recuperado su auténtica personalidad. Este cambio se manifestó de inmediato en su conducta y, por reflejo, en la nuestra. Ya no trataba de componer una figura distinguida, se movía con más soltura, y aunque no dejó de ser un pelma, su manera de hablar se volvió menos engolada y más natural, lo cual, por otra parte, tuvo poco efecto sobre nosotros, que habíamos dejado de prestar atención a sus soliloquios, le interrumpíamos sin el menor reparo y nos reíamos en su cara si decía alguna simpleza. Nuestra nueva actitud hacia él no le molestó: tratado como se merecía, se sintió integrado en la familia, como un pariente engorroso pero inofensivo, y se unía a nuestras risas de buena gana. También empezó a ayudar en las tareas del hogar, primero con torpeza y luego, siguiendo las enseñanzas de mi madre y de Manifiesta, que lo reprendían sin miramientos cuando hacía algo mal, con bastante eficiencia. Empezó haciéndose la cama por la mañana y al cabo de poco, por iniciativa propia, hacía también la cama de mis padres y la mía. Quitaba el polvo y barría, pero el recuerdo no del todo disipado de su condición episcopal hizo que no le dejaran fregar los suelos. Aprendió a usar la lavadora eléctrica que mi padre había comprado a plazos y tendía la ropa una vez acabado el programa de lavado; en cambió no aprendió a planchar. Tampoco cocinaba, pero acompañaba a mi madre a la compra y cargaba el pesado capazo; más tarde, cuando ya conocía las tiendas y los puestos del mercado y allí lo conocían a él, hacía de vez en cuando la compra si mi madre tenía trabajo o estaba cansada. De resultas de todo aquello dejó de venir a casa Manifiesta, porque a nosotros ya no nos hacía falta, y la tía Conchita fruncía el ceño cada mañana cuando la veía salir de la casa donde se la retribuía para ir a trabajar a otra sin más razón que un leve compromiso prescrito hacía tiempo y olvidado de todos. Su ausencia no se hizo notar, gracias a la actividad desplegada por Fulgencio. Mis padres le trataban de usted y yo le tuteaba y nos parecía mentira habernos dirigido a él alguna vez con el tratamiento de ilustrísima o de monseñor. Ahora era frecuente oír a mi madre gritar desde la cocina: ¡Fulgencio, vaya al colmado antes de que cierren, que se está acabando el aceite!, y ver al obispo salir corriendo con el capazo para regresar poco después, sofocado por la carrera y anhelante de recibir el beneplácito de mi madre por la celeridad y exactitud con que había cumplido el encargo. Pero cuando más útil resultaba era los sábados por la mañana, día que mi madre, como era costumbre entonces, hacía limpieza a fondo de la casa. En estas ocasiones Fulgencio se encargaba de correr los muebles de un lado para otro, porque era muy fuerte y, a pesar de su aspecto abúlico, podía desplegar una gran energía en un momento determinado. Entonces sus facciones se contraían, mostraba la dentadura, emitía un gruñido profundo y quien no lo conociera habría podido sentir miedo de aquel individuo de aspecto montaraz.

Aparte de las compras, salía poco. Seguía yendo a misa todos los días pero a horas irregulares, siempre de incógnito y sin trabar conocimiento con el párroco ni con el coadjutor ni con los feligreses. Luego regresaba a casa y no volvía a salir, en parte por abulia y en parte porque todavía le intimidaba el tráfico y el gentío de la ciudad. A causa de este aislamiento, cuando yo volvía del colegio él llevaba ya muchas horas sumido en su habitual estupor y mi llegada le proporcionaba una gran alegría que a veces conseguía manifestar a través de su hieratismo. Era evidente que me había tomado cariño y probablemente mi compañía era lo único que le permitía mantener un contacto afectivo con el resto del género humano. Como no teníamos nada de que hablar, una vez comentados los pequeños incidentes de la jornada, Fulgencio se ofreció a ayudarme a hacer los deberes. Al principio su ofrecimiento me colmó de esperanzas, porque daba por sentado, no obstante las incontestables pruebas en contrario, que un obispo debía ser una persona muy instruida y poco menos que infalible. Por culpa de este convencimiento saqué varios suspensos y fui severamente amonestado. Como se acercaban los exámenes de fin de curso, decidí prescindir de su asesoramiento, porque hasta yo me di cuenta de su ignorancia abismal en todas las materias, pero lo utilicé para que me tomara las lecciones y me ayudara a repasar cosas aprendidas de memoria y olvidadas de inmediato. Con su paciencia inagotable, cumplió este cometido a las mil maravillas y la preparación de los exámenes, siempre agobiante y aburrida, me resultó aquel curso más ligera y provechosa.

Al acabar el curso, y como no había suspendido ninguna asignatura, mis padres se mostraron satisfechos y me dieron una pequeña asignación que compensaba en parte la desgracia de no poder abandonar la ciudad para ir de veraneo como hacían las familias de nuestro medio social. A mí esta eventualidad no me importaba, en parte porque como nunca habíamos veraneado, no añoraba sus encantos, y en parte porque me gustaba estar en aquella Barcelona asfixiante, medio vacía, frondosa, con las calles ocupadas por hombres y mujeres de aspecto ordinario, vestidos de cualquier manera, que al anochecer sacaban a las aceras sillas de anea y tomaban el fresco hablando a gritos. Reinaba una atmósfera permisiva y sensual, impregnada de olor a puerto y a fritos caseros, que convertía los actos más triviales, como pasear, cantar o sorber una horchata, en algo licencioso. Yo aprovechaba esta época de holgazanería y mi exiguo capital para realizar algunos sueños infantiles: comprar tebeos, tomar helados y, sobre todo, ir al cine.

Aquel año Fulgencio se convirtió en mi compañero de correrías. Mis padres todavía no consideraban prudente que yo anduviera solo por las calles, lejos de casa, especialmente al anochecer, pero como a mi madre tampoco le seducía la idea de consagrar a mi entretenimiento su escaso tiempo libre, Fulgencio resultó ser la persona idónea para suplirla: para quienes lo conocíamos, poseía rectitud moral, discreción y lealtad, y para quienes no lo conocían, tenía una pinta de guardaespaldas que asustaba al más templado. Con él yo lo pasaba bien, porque compartíamos los mismos placeres: le gustaban con locura los helados y sentía una verdadera pasión por el cine, especialmente por el cine de aventuras. A diferencia de mi madre, que sentía en sus carnes la pérdida de tiempo y no lo disimulaba, Fulgencio asistía sin protestas e incluso con alborozo a un programa doble, o a ver dos veces seguidas la misma película, cosa posible en los cines de barrio de sesión continua, donde los espectadores entraban y salían cuando les daba la gana, sin preocuparse por el horario de las proyecciones y podían ver la segunda mitad de una película y más tarde la primera mitad como la cosa más normal. Lo que ocurría en la pantalla fascinaba de tal modo a Fulgencio que a menudo me abochornaba con sus intervenciones, reprobando o alabando en voz alta las acciones de los protagonistas, advirtiendo a los héroes de los peligros que les acechaban y aconsejando a las heroínas sobre cuál de sus pretendientes debían elegir y de cuál debían desconfiar. Luego, a la salida, comentábamos la película acaloradamente durante horas y no era raro que él me pidiera explicaciones sobre algún giro argumental que no había entendido bien, sobre todo en las películas de intriga o si en la narración se había producido alguna elipsis. Para un muchacho de mi edad era el compañero ideal, por su entusiasmo y porque nunca le oí una observación ajena a lo que había visto en la pantalla, un mundo cerrado y perfecto, sobre el que él no tenía jurisdicción moral. Ni censuraba los excesos ni usaba de ejemplo las proezas, y de las malas mujeres de melenas rubias embutidas en largos vestidos negros de satén, sólo parecía preocuparle el peinado. En su país, según me dijo un día, jamás había visto una película.

El primero de agosto nos separamos con pena.

La tía Conchita y el tío Agustín tenían una casa grande junto al mar en un pueblo del Maresme, donde los meses de agosto solían acogerme por una semana o dos. Como mis primos tenían mi edad, me incluían en su grupo. Entre los miembros de la colonia veraniega yo estaba fuera de lugar, pero la playa me gustaba mucho y la estancia en casa de la tía Conchita me resultaba cómoda: por allí pasaba mucha gente y los invitados podían prolongar su estancia tanto como les conviniera, con la máxima naturalidad, de modo que yo era uno más y no un pariente pobre acogido por lástima. Recuerdo que solía coincidir con un tal señor Pallarés, un registrador de la propiedad muy estirado, que ni siquiera en los días más rabiosos de la canícula se quitaba la americana y la corbata; con un pintor de avanzada edad y aspecto bohemio, a quien llamaban Pipo Gallo, que se pasaba el día pintando los paisajes más cursis y luego trataba de vender sus obras entre los veraneantes, sin demasiado éxito; y con una señora menuda, de pelo cano, apodada la Tonina, que había sido ama seca de mis primos, lo que le daba un derecho vitalicio a pasar con sus niños queridos unos días, probablemente los más felices del año para ella, aunque mis primos la toleraban con más docilidad que cariño y mi tía no le dirigía la palabra. Al tío Agustín apenas lo veíamos, porque cada dos por tres y sin mediar pretexto ordenaba al chófer que le llevara a Barcelona de donde regresaba al cabo de varias horas y se dejaba caer en un sillón de mimbre, a la sombra de los pinos, a reponerse de la fatiga del viaje, resoplando, bebiendo gaseosa y abanicándose con un paipay. También se presentaban de improviso y sin decir si pensaban quedarse mucho tiempo o poco, el tío Víctor y el tío Fran. El tío Víctor venía cumpliendo con sus obligaciones de hermano y cuñado, porque era evidente que no lo pasaba bien: le picaban todos los bichos, se arañaba con las zarzas y el cambio de aguas le producía tormentosos desarreglos intestinales. En cambio el tío Fran disfrutaba de lo lindo y se hacía el amo del pueblo con su sola presencia, porque tenía un coche americano muy grande, plateado, con una capota metálica que podía ser desarmada y sustituida por otra plegable de lona negra, con lo que el coche se convertía en un vistoso descapotable digno de Hollywood, en el que el tío Fran se paseaba arriba y abajo provocando la admiración y la envidia de los veraneantes y la perplejidad de la gente del pueblo. Como era atlético y nadaba muy bien, también llamaba la atención en la playa. En seguida adquiría un bronceado elegante, vestía de blanco, con zapatos de dos colores, fumaba en boquilla, contaba chistes picantes y piropeaba a las señoras. A los niños nos caía mal, porque nos trataba con una jocosidad afectada y displicente, no nos llevaba a pasear en su coche y aunque no paraba de fanfarronear y darse postín, no nos daba dinero ni nos invitaba a nada. Todas estas personas entraban y salían a su antojo, no guardaban horarios de comidas y hacían lo que les daba la gana. Sobre esta inofensiva y sosegada anarquía, la tía Conchita ejercía su sabio gobierno con no pocas dificultades, porque la enérgica y capaz Manifiesta se tomaba diez días de vacaciones precisamente a primeros de agosto, para no perderse las fiestas de su pueblo, y su lugar lo ocupaba un matrimonio local compuesto por un pescador retirado, llamado Joan el Llucet, hombre tosco y de mal vino, que cuidaba el jardín sin parar de blasfemar y de maldecir las plantas, los pájaros y todo cuanto tuviera vida, y la sufrida e ineficaz Cinteta, que cocinaba mal, limpiaba mal y rompía todo lo que tocaba. A mi tía, sin embargo, estos contratiempos no parecían preocuparle, obsesionada como estaba en no ponerse morena, como se habría puesto de no llevar vestidos cerrados y de manga larga y no cubrirse la cabeza desde la salida hasta la puesta del sol con un pañuelo estampado y un sombrero de paja de ala ancha. Por si estas precauciones no eran suficientes, varias veces al día se embadurnaba la cara con cremas protectoras. De este modo conseguía pasar tres meses en la playa sin perder su palidez macabra, a costa de muchas privaciones y de que, por alergia a las cremas u otras causas, le salieran unas manchas oscuras en la cara a las que ella no daba ninguna importancia. Pese a su carácter fuerte y una excentricidad limitada a su identidad social, la tía Conchita era bastante tratable. Yo la tenía por un ser formidable y me inspiraba un cierto temor, pero me tranquilizaba ver que ni su marido, ni sus hermanos, ni sus hijos, ni sus amigos, ni siquiera el servicio la tomaban en serio. Ella, a su vez, no se metía con nadie, y menos aún con sus hijos, porque en aquella época, tan represiva en muchos sentidos, los niños todavía no se habían convertido en objeto de análisis y en receptáculo de las proyecciones de los adultos, que se limitaban a fiscalizar la marcha de sus estudios y la estricta rectitud de su comportamiento, dejando el resto de su formación a los curas, a los amigos, a las putas o a quien se la quisiera dar.

Los primeros días, mis vacaciones transcurrieron como en años anteriores: el cielo estaba limpio y el mar sereno y transparente; donde las olas rompían sin fuerza contra la arena se podían ver bancos de peces pequeños salir huyendo al paso de los bañistas. En la casa reinaba la agitación habitual, lo que me permitía pasar casi inadvertido de mis anfitriones y sus invitados. Más que otra cosa temía que mis tíos me hicieran alguna pregunta acerca de Fulgencio, o de monseñor Putucás, como ellos le seguían llamando, porque intuía que el relato de la realidad les habría parecido irreverente y, aún peor, que nuestra familiaridad con el huésped habría ridiculizado la solemnidad inicial desplegada por mis tíos en las jornadas memorables del Congreso Eucarístico, no muy lejanas, pero ya debidamente almacenadas en un rincón de la memoria colectiva. Esto, sin embargo, era una minucia, porque otro suceso de mayor trascendencia para mí estaba a punto de producirse.

Cuando sólo faltaban tres días para mi regreso a Barcelona, apareció en el grupo de mis primos una chica de mi edad, o quizá algo mayor, de la que me enamoré al instante. Se trataba, por supuesto, de una simple y efímera pasión infantil, pero para mí fue una experiencia demoledora, porque me hizo adquirir conciencia del abismo que mediaba entre los restantes miembros de la colonia veraniega y yo. Consciente de ser un intruso en aquel mundo, hice todo lo posible por ocultar mis sentimientos hasta el momento de abandonar el pueblo y no regresar jamás, pero en el último momento, como si mis actos no dependieran de mi voluntad y con el valor que da el amor a quien lo experimenta, fui a buscar a mi tía y le pedí permiso para prorrogar la estancia en su casa. Acostumbrada al caprichoso calendario de sus huéspedes, mi tía accedió sin preguntar la causa de aquel repentino interés. Dando por supuesta la conformidad de mis padres, se limitó a llamarles por teléfono y a decirles que no me fueran a buscar a la estación en la fecha prevista, sino cuando ella se lo indicara. Mi madre dio su conformidad con una rapidez y una gratitud que yo, que no sabía lo que estaba sucediendo en Barcelona, experimenté como una muestra de desapego materno y un motivo para ahondar la irremediable soledad en que me encontraba.

Estuve en la casa de veraneo de mis tíos hasta mediados de septiembre, cuando ellos mismos se disponían a regresar a la ciudad. A finales de agosto el cielo se cubrió de nubarrones y hubo fuertes tormentas que duraron varios días. El mar adquirió un aspecto negro y turbulento y se convirtió en un ser poderoso y terrible de cuyas profundidades podía surgir en cualquier momento un monstruo enorme y despiadado. Este clima se correspondía exactamente con mi estado de ánimo. El grupo, privado de la playa y de las diversiones al aire libre, se refugiaba en los amplios salones de las residencias veraniegas, donde las horas transcurrían lentamente charlando y escuchando discos o jugando a insípidos juegos de salón mientras la lluvia golpeaba los cristales. A veces las descargas eléctricas alcanzaban un transformador y se iba la electricidad durante varias horas. Entonces las reuniones continuaban a la luz de velas y quinqués, convertidas en lúgubres veladas. Durante todo este tiempo yo callaba y sufría. Procuraba colocarme al lado de mi amada para sentir su proximidad o enfrente para disfrutar de su contemplación; si la veía sonreír, lágrimas de felicidad acudían a mis ojos; si hablaba con otro, me consumían los celos; si se ausentaba, experimentaba un dolor físico insoportable. No recuerdo haber cruzado con ella una palabra.

El regreso a Barcelona fue para mí un motivo de gran tristeza y también de alivio. Al entrar en casa estaba tan ensimismado en mis propios sentimientos y en mi melancolía que no advertí la ausencia de Fulgencio. Había estado fuera casi seis semanas, vividas con mucha intensidad; al volver creí verlo todo como siempre había estado, y esto me hizo olvidar el singular paréntesis de la estancia de un obispo entre nosotros. Cuando al cabo de un par de días me di cuenta del cambio y pregunté a mi madre qué había ocurrido, ella me respondió con evasivas. Lo mismo hizo mi padre, pero de su talante alegre deduje que había vuelto a beber. Finalmente mi madre, una tarde, en la cocina, mientras la ayudaba a mover los granos crudos de arroz por el mármol en busca de piedrecitas que de no ser detectadas antes de la cocción podían romper las muelas de quien las mordiese, me refirió la historia, quizá porque notó que yo había dejado de ser un niño y que, por consiguiente, podía participar de un modo explícito en la vida familiar.

Lo ocurrido era sencillamente que mi padre, quizá liberado por mi ausencia y perdido desde hacía mucho el respeto por un obispo convertido en parásito servicial, había vuelto a beber. La bebida, como era habitual, lo había transformado en una persona jovial y sociable, y no había tardado en incluir a Fulgencio en sus correrías por unos baruchos del barrio donde le conocían, le dejaban tranquilo sabiéndolo inofensivo, y le fiaban los últimos días del mes. No sé si el señor obispo resistió la tentación, pero no había defensa contra el poder disuasorio de mi padre entonado y el pobre obispo estaba muy solo y, por educación o por falta de carácter, obedecía cualquier orden sin rechistar. El problema fue que mi padre controlaba bastante bien los efectos de la bebida sobre su conducta, en tanto que Fulgencio, tal vez por intolerancia congénita, tal vez por falta de costumbre y, en cualquier caso, por desesperación, se aferró a las virtudes curativas del alcohol para los males del alma y en un abrir y cerrar de ojos se convirtió en un borracho empedernido. Al principio, siguiendo el modelo de mi padre, era alegre y jaranero. Por desidia no había ido en todo el tiempo que llevaba en Barcelona a la peluquería, con lo que su cabellera lacia, espesa y negra le llegaba hasta los hombros, cosa insólita en aquellos años, y como la cabellera le molestaba, se anudó una cinta a la cabeza. Así ataviado y con su fisonomía, parecía un personaje de película del Oeste, lo que le granjeó una popularidad a la que no estaba acostumbrado. Le llamaban «gran jefe», «Cochise», «Jerónimo» y cosas por el estilo, y esto le hacía sentirse importante. A la tercera copa, sólo había que incitarle un poco para que se pintara la cara con salsa de tomate y ejecutara una danza guerrera en mitad del bar, cuando no encima de una mesa. Como en su estado mezclaba sin darse cuenta ademanes tribales con gestos litúrgicos y tan pronto fingía amenazar a los clientes con un hacha como les impartía la bendición, la fama de sus actuaciones saltó de los establecimientos donde las llevaba a cabo a la calle y acabó llegando a oídos del arzobispado. Al cabo de unos días un diácono se puso en contacto con él y le prohibió seguir comportándose como lo hacía. Dada la timidez natural del personaje, esta admonición habría surtido pleno efecto en condiciones normales, pero el enviado del arzobispo tuvo la mala idea de hacérsela en tono agrio y apremiante cuando Fulgencio salía ebrio de una tasca y se encaminaba a la siguiente. Mi padre, que iba con él, nos contó luego muy divertido que monseñor Putucás se enfrentó a su acusador y, haciendo gala de una elocuencia insólita y ante un público que advertido de lo que ocurría había salido del bar para presenciar el duelo, le dijo que cuando él se encontraba en una situación apurada, necesitado de ayuda material y de apoyo moral, el arzobispado le había vuelto la espalda como si fuera un perro (la expresión exacta, según mi padre, había sido «un perro indio», si bien mi padre tenía tendencia a embellecer las historias que contaba) y que en consecuencia ahora él no reconocía la autoridad del arzobispado, ni jerárquica ni moral; que los tiempos de la Inquisición habían pasado, por lo que la Iglesia no podía decir a ningún ciudadano lo que podía o no podía hacer ni en la calle ni en un bar ni en parte alguna; que tal vez su conducta no estaba a la altura de su dignidad, pero no infringía la ley, por lo que no tenía la menor intención de modificarla, y, por último, que aunque convertido en un perdulario y un borrachín, él seguía siendo un obispo, con derecho a participar en un sínodo e incluso en un concilio ecuménico y que su interlocutor era sólo un diácono de mierda que le debía respeto y obediencia. La concurrencia aplaudió y jaleó y al diácono sólo le cupo emprender una vergonzosa retirada. A los gritos de ¡viva el gran jefe!, intentaron subirlo a hombros, pero él atajó la broma con la autoridad repentinamente adquirida y sin decir nada se volvió a casa.

A partir de aquel breve encuentro con un representante de su perdida condición sacerdotal, el carácter de nuestro huésped cambió de nuevo y se volvió tan reservado como antes, pero también triste y esquivo. Ni siquiera el compadreo de mi padre conseguía arrancarlo de su mutismo y su retraimiento. Seguía frecuentando los bares, por lo general solo. Ya no participaba del ambiente risueño y bullicioso y si alguien se metía con él, aunque fuera en broma, podía recibir un trompazo. Como no pagaba porque no tenía dinero y hasta entonces había bebido a costa de mi padre que para desesperación de mi madre siempre fue muy liberal con sus compañeros de francachela, dejaron de servirle y esto acrecentó su agresividad. En un par de ocasiones intervino la policía y a la tercera acabó en la comisaría. Cuando el comisario o el juez de guardia comprobó que se trataba de un obispo, le dejó ir, advirtiéndole que si reincidía acabaría en la cárcel o sería expulsado del país y repatriado al suyo. Ambas perspectivas le aterraban, especialmente la segunda.

Mientras sucedían estas cosas, mi madre no decía nada, porque sabía que la culpa de todo ello recaía en buena parte sobre mi padre, pero se sentía desbordada por los acontecimientos. Con un alcohólico en casa ya tenía bastante y pensaba que cuando yo regresara del veraneo en casa de mis tíos la situación se haría insostenible. De modo que decidió hablar con el señor obispo aprovechando la ausencia de mi padre. Fulgencio acudió a la convocatoria con su característica impavidez, pero con un tic en los párpados que revelaba su nerviosismo. Antes de que mi madre, que había elaborado un pequeño discurso, tuviese ocasión de decir nada, el obispo se postró de rodillas en las baldosas del comedor y con voz trémula rogó a mi madre que le perdonase. Mi madre respondió que no se trataba de perdonar o de condenar: él era dueño de sus actos y ella no tenía potestad para juzgarle ni la menor intención de hacerlo (ni ganas, fueron sus palabras textuales, según ella misma me refirió años más tarde); sólo le había convocado, dijo, para exponer el problema desde el punto de vista de una esposa, una madre y, en última instancia, de una pobre mujer que había de cargar con los actos ajenos y sus consecuencias sin poder hacer nada para prevenirlos. Con su marido la situación era distinta, puesto que el sacramento del matrimonio conllevaba la obligación de soportar las flaquezas del cónyuge; pero no alcanzaba a ver qué obligación tenía ella de aguantar los desafueros de un extraño a quien había acogido en su casa temporalmente y a quien había tratado, sin necesidad ni beneficio alguno, como a un miembro más de la familia.

El obispo guardó silencio. Al cabo de un rato se levantó, se sacudió la pernera de los pantalones y se encerró en su habitación. A la mañana siguiente había desaparecido. Mi madre aseguraba no haber oído ningún ruido, como si finalmente Fulgencio hubiera querido demostrar una de las cualidades que yo tanto admiraba en los indios: el sigilo. Se había llevado la maleta con la ropa que mi madre y Manifiesta le habían arreglado y sus escasos enseres personales, pero había dejado las sotanas y el imponente ropaje episcopal, incluidos los guantes morados que yo intenté apropiarme, sin éxito. Envolvimos la vestimenta del obispo en una manta con una cantidad ingente de bolas de naftalina para protegerla de las polillas, y colocamos el fardo en la parte superior de un armario, a la espera de que su dueño volviera a reclamarlo, cosa que ninguno de nosotros, en su fuero interno, pensaba que sucediera.

La desaparición de Fulgencio Putucás no devolvió la tranquilidad a mi madre. Yo acababa de entrar en una incómoda adolescencia y no dejaba de causar unos problemas que a mi padre, en su estado de permanente ausencia, le traían sin cuidado, pero que a ella la hacían sufrir muchísimo, porque, abandonada de su marido, no podía recurrir a nadie y no se sentía con el ascendiente necesario para reprimir mis locuras. A veces empezaba a reprenderme, pero en seguida se callaba, en parte por su congénito apocamiento, pero sobre todo porque temía que yo pudiera volverme contra ella, o marcharme de casa, y no podía soportar la idea de perder mi cariño, que era lo único que le quedaba. En estas circunstancias, tan poco propicias a la disciplina, yo iba de mal en peor: no estudiaba, no hacía los deberes, me enfrentaba a los profesores y con frecuencia hacía novillos. Lo único que en el fondo me interesaba y probablemente lo único que habría podido amansarme, era la compañía femenina y más aún la de una modosa novia de adolescencia, como las que tenían algunos de mis compañeros. Pero yo no me atrevía a acercarme a las chicas, y menos a las que me atraían. No tenía dinero ni creía tener ningún porvenir y, en consecuencia, no podía ofrecer nada material que compensara la mediocridad que yo atribuía a mi persona. Como mi fantasía novelera me impedía comprender que ellas sólo esperaban y deseaban el trato amistoso de un ser humano normal, y no los dispendios de un millonario ni las hazañas de un héroe, tomaba la natural timidez de las adolescentes por muestras de rechazo y adoptaba un actitud grosera y distante que tenía por objeto proteger mi susceptibilidad y ocultar mi exacerbado romanticismo, pero que en la práctica no hacía más que empeorar las cosas. Más por desesperación que por inclinación, empecé a frecuentar la compañía de golfos camorristas, y no sé cómo habría acabado si un hecho fortuito no me hubiera detenido al borde del precipicio.

Una noche salí de casa con la improbable excusa de ir a estudiar a la de un amigo y fui a reunirme con mi pandilla. Anduvimos de bares y bebí más de la cuenta. Al principio me encontré muy bien: todo me parecía divertido, me volví ingenioso y me reí mucho. Luego me encontré mal, vomité en la calle y regresé a casa dando tumbos. A la mañana siguiente me dolía la cabeza y sentía náuseas. Pero no fueron los efectos negativos de la borrachera lo que me asustó; sabía que era sólo un principiante, que mi organismo se acostumbraría pronto al alcohol y que yo aprendería a dosificar la cantidad de bebida adecuada a mi tolerancia. Lo que me asustó realmente fue el recuerdo de la euforia experimentada bajo el influjo de la bebida, la evidencia de que aquélla era una posible solución a todas mis inquietudes, y la certeza de que, si seguía avanzando por aquel camino, acabaría como mi padre. Esta perspectiva abrió un abismo ante mis ojos y por primera vez comprendí hasta qué punto bajo una capa de afecto y compasión, despreciaba a mi padre. Decidí no ser nunca como él. En un giro repentino cuya causa nunca confesé, por lo que a los demás debió de parecerles un milagro, reemprendí mis estudios con seriedad y me reconcilié con la disciplina del colegio en la medida en que, a pesar de la pobreza de la enseñanza y del tedio inherente al sistema, aquélla me parecía la única forma de salir adelante en la vida. No pasó mucho tiempo antes de que los hechos confirmaran lo acertado de mi decisión.

Mi padre siempre había bebido sin que eso le afectara la salud ni el carácter, pero llegado a un límite, el alcohol le presentó todas las facturas acumuladas a lo largo de los años. Una tarde, al volver del colegio, encontré a mi madre sentada en el recibidor de casa, muy asustada. Dos horas antes habían llamado de la RENFE para decir que mi padre había sufrido lo que calificaron de ataque de nervios. Cuando sus compañeros lograron reducirlo, un médico de urgencias le administró un sedante y ahora estaba tranquilo, pero era preciso que algún familiar se hiciera cargo de él a la mayor brevedad, porque no sabían cuánto rato duraría el efecto de los calmantes ni el paciente estaba en condiciones de volver a casa por sus propios medios. Mi madre se quedó anonadada, no tanto por la noticia, que llevaba esperando desde hacía años, sino porque sabía la clase de tormento que se nos venía encima. No se le ocurrió pedir ayuda a nadie, tal vez porque temía que nadie se la pudiera prestar, y se había sentado en el recibidor a esperar mi regreso. Fuimos juntos al Apeadero del Paseo de Gracia y trajimos a mi padre a casa en taxi. Parecía un pelele.

Durante varios meses vivimos una pesadilla constante. Mi padre no podía ni quería ingerir alimentos sólidos; pasaba de un estado de postración rayano en la catatonia a una excitación incontenible; por las noches no podía dormir y cuando finalmente se dormía era presa de terribles pesadillas que le hacían aullar y había que correr a despertarle; sentía una insoportable comezón por todo el cuerpo, pinchazos en las extremidades, jaquecas y mareos, oía voces y, en la fase final, sufría de alucinaciones. Pasaba sin transición de un infantilismo baboso a una furia feroz. En este último estado, nos insultaba, nos amenazaba y nos pegaba. Por suerte estaba tan débil que no era difícil escapar a sus agresiones, y si de vez en cuando nos alcanzaba un manotazo, era muy flojo. La tía Conchita venía casi todos los días a visitar a su hermano, sin que su presencia produjera ningún beneficio y sin que este resultado adverso la disuadiera de seguir viniendo. Transcurridos unos meses, la tía Conchita, mi madre y yo hicimos balance de la situación y optamos, siguiendo los consejos de mi tía, por internar a mi padre en una institución de beneficencia, donde todo estaba dispuesto para acogerlo gracias, una vez más, a la influencia del tío Agustín. La residencia era una especie de hospital mental para casos leves, situado en las afueras de Barcelona y regentado por unas monjas risueñas pero de un rigor implacable, que dispensaban a los enfermos los cuidados propios de cada caso, lo que en definitiva se reducía a mantenerlos sedados y, cuando esto fallaba, a encerrarlos en una habitación acolchada hasta que remitía la intensidad del arrebato. Por más que indagué, no saqué la impresión de que los enfermos recibieran malos tratos.

No hubo que consultar a muchos médicos para obtener un diagnóstico unánime y un pronóstico poco esperanzador, aunque nunca tuve claro el nombre ni la etiología de la enfermedad. Supongo que era una mezcla de varias cosas. Por fortuna, mi padre recibió la baja permanente de la RENFE y percibió la pensión correspondiente en estos casos. Era algo inferior a su sueldo en activo, pero como el internamiento era enteramente gratuito y comprendía la manutención del enfermo, sin su presencia en casa, y sobre todo sin sus eufóricos derroches, nuestra situación económica, en vez de empeorar, mejoró bastante. Sospecho que de cuando en cuando la tía Conchita pasaba a escondidas pequeñas cantidades a mi madre para atender a los imprevistos y para que a mi padre no le faltara dinero de bolsillo con que satisfacer algunos caprichos. En el colegio se comportaron con fría discreción y nos dijeron que, si sacaba buenas notas y no volvía a las andadas, me podrían conceder una beca el curso siguiente. No volví a las andadas, pero como no saqué buenas notas, la beca prometida nunca se materializó.

No hace falta decir que aquella temporada fue muy triste para mí. Las chicas no dejaron de interesarme, pero ahora las veía como algo definitivamente inalcanzable. Si alguna trató de acercarse a mí, la rechacé por temor a que sólo le atrajera la curiosidad o una piedad malsanas. Al margen de esta estúpida misoginia, creo que maduré de golpe.

En la primavera de aquel año, mi madre recibió una llamada telefónica que le produjo mucho desconcierto y bastante regocijo. Una señora pedía referencias de un tal Fulgencio Putucás, que aspiraba a un empleo de criado en su casa y daba nuestro nombre y nuestro teléfono para que pudiera recabar información sobre su honradez, su formalidad y su eficiencia. Cuando salió de su asombro, mi madre se deshizo en elogios de Fulgencio, sin revelar la naturaleza de nuestra relación y sin mencionar su condición episcopal. Aquella noche, mientras cenábamos mano a mano en la cocina, me refirió lo ocurrido muerta de risa. Yo expresé mi más rotunda desaprobación. De Fulgencio Putucás no sabíamos nada, salvo que era negligente, tonto y borrachín; al hacerse garante de su competencia y, sobre todo, de su probidad, mi madre había incurrido en una grave responsabilidad. Al oír esta diatriba, la pobre se asustó mucho.

—¿Qué otra cosa podía hacer?, dijo a modo de disculpa. Yo sólo dije lo que pude ver mientras él estuvo en casa, y estoy convencida de que es más bueno que el pan, incapaz de hacer nada malo a sabiendas. Por supuesto, tiene sus flaquezas, pero ¿con qué derecho podemos juzgarlo nosotros, que lo empujamos al vicio?

No quise discutir con ella: mi madre había asumido las culpas de mi padre como algo propio. En vez de lamentar la conducta inadmisible de su marido, creía ser ella la que había incumplido sus obligaciones conyugales al permitir que una persona con quien compartía la vida hubiera acabado de aquel modo tan lamentable. Esta idea la perseguía y le causaba unos sufrimientos incesantes contra los que de nada valía cualquier argumentación en sentido contrario. Además, yo también quería proteger al infeliz Fulgencio, al que recordaba con cariño hacia su persona y con nostalgia hacia una etapa de mi vida que en buena medida él había protagonizado y que yo veía ahora como el final de mi infancia.

—Además, añadió en un tono que quería ser tajante pero sólo era exculpatorio, encuentro admirable que ese pobre hombre busque un trabajo honrado para ganarse la vida sin depender de la caridad ajena. Y doblemente admirable si es un trabajo humilde.

De este modo dimos por zanjada la cuestión y no volvimos a mencionar el hecho, aunque de cuando en cuando tanto mi madre como yo lo recordábamos con un deje de inquietud. Pero como pasaron los meses y no recibimos ninguna llamada de aquella señora ni de la policía ni de nadie, acabamos por olvidar una vez más al señor obispo de Quahuicha.

Nuestra vida había adquirido una nueva rutina muy parecida a la anterior. Los domingos íbamos a ver a mi padre al sanatorio. Unas veces nos recibía con muestras de afecto, no vehementes, pero sin duda sinceras, y conversábamos con aparente naturalidad. Otras veces se negaba a vernos o nos recibía de un modo arisco y al cabo de muy poco nos pedía que le dejáramos en paz. Cuando pasaba esto nos íbamos muy abatidos, pero cuando podíamos tener un encuentro normal, también salíamos con el ánimo encogido: en sus mejores momentos mi padre parecía agotado, distraído y atemorizado. No mostraba interés por nada, ni siquiera por la situación familiar o por la marcha de mis estudios. Tampoco se quejaba, ni del régimen interno del establecimiento ni de sus cuidadoras ni de sus compañeros de encierro.

Algunas veces, más por sentido del deber que por deseo, yo iba a verle por mi cuenta, a la salida del colegio. Era un sacrificio desproporcionado, porque para llegar al sanatorio tenía que tomar un metro y luego un autobús que pasaba cuando quería, con lo que en más de una ocasión al llegar a mi destino el centro ya había cerrado la puerta a las visitas. Y aunque la combinación de metro y autobús fuera favorable, apenas si llegaba con un cuarto de hora o veinte minutos para ver a mi padre; pero este breve intervalo era suficiente para mí y también para él, que no daba muestras de celebrar ni de agradecer mi presencia. Con todo, yo persistía, porque pensaba que a los dos nos había de hacer bien mantener un contacto personal frecuente.

En estas visitas improvisadas, solía encontrarme con el tío Víctor, el presunto agente secreto de la KGB. Como mis visitas eran muy irregulares y a él lo encontraba muy a menudo, llegué a la conclusión que nuestros encuentros no eran casuales, sino que el tío Víctor iba a ver a su hermano casi a diario. Nada se lo impedía, porque vivía solo y su trabajo en la filatelia concluía a las dos de la tarde. Lo sorprendente era su constancia y la devoción que estas visitas ponían de manifiesto, sobre todo porque, con anterioridad, los dos hermanos, al menos en mi recuerdo, se veían poco y siempre con motivo de reuniones familiares, de lo que yo, y todos, habíamos deducido que no congeniaban, cosa por otra parte natural, porque tenían caracteres opuestos y formas de vida antitéticas. Bien es verdad que mi padre, cumplidor con los ritos familiares pero siempre distante en su actitud, nunca había participado en el escarnio de que era objeto permanente el tío Víctor por su cortedad y su bonachonería y es posible que ahora él correspondiera con su solidaridad al respeto de mi padre. Sea como fuere, su compañía parecía endulzar las largas horas de encierro del enfermo, al cual, según me dijo el propio tío Víctor, ponía al corriente de todas las novedades del mundo exterior con la amplitud de miras de quien todo lo absorbe sin distinguir entre lo importante y lo baladí. Como la mayoría de los tontos desocupados de Barcelona, el tío Víctor pasaba buena parte de su tiempo libre en la calle, aprovechando el clima benigno y la animación constante que caracterizan esta ciudad. Sentía una verdadera pasión por las obras públicas, y como las obras públicas menudeaban y se eternizaban, nunca le faltaba espectáculo ni tema de conversación. Era muy aficionado a los toros, al fútbol y a la ópera, aunque nunca iba a una corrida, ni a un partido, ni había puesto los pies en el Liceo, por escasez de medios y falta de iniciativa, pero suplía la asistencia personal con la radio, escuchando puntualmente las retransmisiones y las crónicas taurinas de Julio Gallego Alonso, cuyo estilo pomposo le producía una admiración sin límites. Durante su tranquila y solitaria jornada laboral leía varios periódicos con avidez, estaba al día de cuanto ocurría cerca y lejos y tenía respecto de todo una opinión hecha de sentido común y no pocas contradicciones. De este acervo brotaba una fuente inagotable de datos y comentarios que, contra todo pronóstico, entretenía más a mi padre que cuanto yo pudiera contarle acerca de mí. Esto no me molestaba, sino al contrario: me alegraba ver a mi padre distraído y conectado con el mundo, aunque fuera por medio de un hilo tan endeble.

Al salir del sanatorio, el tío Víctor y yo emprendíamos un melancólico camino de regreso hasta la parada del autobús, y luego hacíamos juntos buena parte del trayecto, por lo general solos en el autobús, porque aquella parada sólo recogía a los visitantes del sanatorio, que en días laborables éramos nosotros dos y nadie más, y las paradas siguientes se adentraban en unos parajes despoblados, cubiertos de jaras, rastrojos y desechos, los mismos parajes donde más tarde se habían de levantar barrios residenciales muy densamente poblados. Pero entonces la circulación rodada en aquella zona era nula, y como hasta bien entrada la primavera teníamos que esperar el autobús de noche, sin más alumbrado que una bombilla con pantalla de porcelana en lo alto de un poste de madera, la compañía mutua nos resultaba reconfortante. Mi tío, no obstante hablar de todos los temas existentes, era un buen oyente, porque el perímetro de su curiosidad era inabarcable y, a diferencia de la mayoría de los tontos, se sabía ignorante y limitado, era humilde y escuchaba con atención y a menudo con pasmo. Yo por aquel entonces leía mucho y tenía grandes inquietudes intelectuales, por lo que nuestro diálogo era animado y para mí, que carecía de una figura paterna a la que demostrar mis logros, una válvula de escape que los prejuicios que mi familia me había inculcado acerca de la escasa valía de mi tío me impedía apreciar. Más tarde, recordando aquellas esperas en la parada desierta, sin más compañía que el ruido del viento en el yermo, y aquellos trayectos a través de los baldíos, he pensado que tal vez el tío Víctor no iba todas las tardes al sanatorio a ver a su hermano, sino a verme a mí, y a proporcionarme el apoyo del que me sabía tan necesitado con los únicos medios de que disponía, es decir, su persona, su tiempo y su cariño.

En cambio la tía Conchita no fue a ver a mi padre ni una sola vez. Decía que la visión de aquel lugar y de los desgraciados acogidos en el centro era demasiado para su sensibilidad. Para compensar su ausencia, todas las semanas enviaba a la Leres con un paquete para mi padre, en el que había embutidos, galletas, chocolate y cigarrillos. Seguramente a mi padre estos envíos le proporcionaban más alegría que la visita de su hermana, cargada de envaramiento, lágrimas contenidas y desesperación mal disimulada, no porque él disfrutara de los regalos, sino porque los repartía entre los demás asilados, con lo cual se granjeaba su gratitud, limaba las asperezas propias de la convivencia entre personas desequilibradas y, por un momento y a pequeña escala, se sentía rumboso, como en los viejos tiempos, y compensaba un poco el sufrimiento de quien necesita mucho y no puede dar nada. Mi otro tío, Fran, se desentendió de su hermano desde el principio y ni siquiera mostró un interés indirecto por el enfermo, al que ya daba por muerto.

* * *

Después de tenerlo encerrado un año, los médicos y las monjas, de común acuerdo, decidieron que mi padre estaba curado de su dipsomanía, que su estado de ánimo era estable y que podía volver a casa, aunque no volver a trabajar. Estimaban, seguramente con razón, que si algo podía hacerle bien era abandonar el encierro, vivir en familia y reanudar paulatinamente el contacto con la sociedad. En este aspecto, Barcelona era un lugar idóneo, porque en aquellos años las calles eran seguras a todas horas y las personas, en su gran mayoría, eran bondadosas, educadas y serviciales.

Cuando nos dieron la noticia del regreso, mi madre se alegró al principio, pero luego su alegría se vio contrapesada por un sombrío presentimiento, que a mí no me costó adivinar, porque yo pensaba lo mismo, es decir, que tarde o temprano mi padre volvería a beber y esta vez con consecuencias fatales. Pero contra el futuro no podíamos hacer nada, salvo estar atentos y confiar en la suerte.

Al principio mi padre estaba incómodo en una casa de la que había salido de un modo tan ignominioso y donde todo, y en especial la evidente escasez, le recordaba su fracaso como marido y como padre. Con nosotros se mostraba tímido y huidizo y se negaba rotundamente a salir a la calle. También se mostraba remiso a comer, por más que mi madre le preparaba sus platos favoritos, porque había adelgazado mucho y ella creía que recuperando peso recobraría las energías perdidas y las ganas de vivir. Al menos en este terreno acabó triunfando a base de persistencia y de firmeza, porque los alimentos que mi padre rechazaba, mi madre los echaba ostensiblemente al cubo de la basura sin hacer ningún comentario, con lo que consiguió crearle un cargo de conciencia, y acabó comiéndoselo todo, primero con evidente esfuerzo y más tarde con visible apetito. Esto le hizo efectivamente recobrar fuerzas, pero no ánimos. No había forma de vencer su ostracismo. Finalmente, una tarde limpia y tibia del mes de mayo, se presentó en casa el tío Víctor y obligó a su hermano a dar una vuelta a la manzana en su compañía con la firmeza de quien no está dispuesto a escuchar ni entender ningún razonamiento. Al día siguiente volvió y también al otro, y como mi padre nunca opuso resistencia, la costumbre del paseo vespertino se convirtió en una costumbre inamovible. El tío Víctor venía siempre a la misma hora, salvo cuando hacía mal tiempo o cuando algo se lo impedía. Entonces mi padre se ponía nervioso y decía que la casa se le caía encima, pero se negaba a salir acompañado de otra persona que no fuera su hermano el tonto.

Con el paso del tiempo nos fuimos acostumbrando a este nuevo género de vida. La tía Conchita y el tío Agustín hicieron un viaje al extranjero y trajeron un tocadiscos en forma de maleta con unos discos que giraban a 33 revoluciones en vez de hacerlo a 78, como los discos normales. La tía Conchita aseguraba que los microsurcos, como se llamaban, no sólo estaban llamados a desterrar para siempre a los discos de pizarra, sino que aquél era el mejor invento del siglo XX. En esta adquisición y en el juicio perentorio de que venía acompañada no intervenían, por una vez, ni el esnobismo ni la presunción, porque la familia de mi padre era muy aficionada a la música. Y desde un punto de visto objetivo, ahora que ya se puede hacer balance del siglo XX, no me parece erróneo afirmar que el microsurco no fue el mayor invento, pero sí el que más horas de placer ha proporcionado al género humano. Menciono este hecho trivial porque tuvo un efecto muy beneficioso sobre nuestro pequeño núcleo familiar, ya que la tía Conchita, en uno de sus gestos de generosidad, le regaló a mi padre su vieja gramola y varias cajas llenas de discos. A partir de aquel momento mi padre vivió sólo para la música. Se encerraba en el comedor, que hacía las veces de sala de estar, y ponía sus discos una y otra vez. A la hora de comer nos permitía entrar y usar aquella pieza de la casa, pero acabada la comida se volvía a encerrar hasta que venía a buscarle el tío Víctor para dar su paseo vespertino. Con el egoísmo de los enfermos crónicos, había invertido la situación, convirtiéndonos a mi madre y a mí en dos intrusos cuya presencia toleraba con infinita paciencia, y mi madre y yo, como también suele ocurrir en estos casos, consentíamos esta tergiversación de la realidad para mantener la calma.

Yo, naturalmente, pasaba la mayor parte de mi tiempo fuera de casa, donde la atmósfera no era trágica, pero sí claustrofóbica. Recorría las calles de la ciudad, exploraba barrios donde antes nunca había puesto el pie, iba al cine si tenía dinero y, si no, me encerraba a leer en la Biblioteca Central.

De aquel verano ha quedado en mi memoria, por

las razones que diré, una anécdota pintoresca: la exhibición de una ballena llamada, por falta de imaginación, Moby Dick. No recuerdo exactamente si era un cachalote o una ballena azul, pero en todo caso era el cadáver de un animal enorme, traído de Dios sabe dónde, y conservado en formol o por algún otro procedimiento químico que retardaba aunque no detenía la putrefacción. Para su exhibición se había levantado en la explanada del puerto una carpa de las dimensiones adecuadas a semejante fenómeno de la naturaleza. Yo no quería perderme el espectáculo y una tarde bajé por la Rambla y llegué frente a la carpa. Desde lejos se percibía un olor penetrante a pescado muerto. Quizá debido a la hora, no había cola; compré la entrada y entré. Dentro reinaban la penumbra, el calor y un tufo agobiante, mezcla de compuestos químicos y descomposición orgánica. A la visión angustiosa de un animal muerto se unía en este caso la dimensión inverosímil de aquella mole. Yo había leído una versión abreviada de *Moby Dick* y comprendí por qué aquella pobre bestia podía haber pasado por un ser sobrenatural: un ser monstruoso y absurdo, sobre el que, sin embargo, también había descendido la muerte.

Estaba perdido en estas reflexiones cuando una mano me tocó levemente el brazo para llamar mi atención, y al darme la vuelta me encontré cara a cara con Fulgencio Putucás. Impulsivamente le di un abrazo. Al separarnos advertí que sus facciones impertérritas dejaban traslucir una profunda emoción. Carraspeó y dijo:

—¡Cómo has crecido, carajo! Estás hecho un hombre.

Él no había cambiado, aunque iba vestido como un pordiosero. Recordé que un tiempo atrás había sentado plaza de criado en una casa distinguida. Su aspecto actual me dio a entender que no había conseguido el trabajo o que lo había perdido hacía mucho. Ambas posibilidades me indujeron a no hacer ningún comentario. Él, por su parte, había dejado de mirarme y se concentraba en la contemplación de la ballena. Estuvimos un rato en silencio, y luego exclamó:

—Tú has visto, chico, qué vaina más grande. Y sin esperar respuesta agregó: Vengo a verla todos los días.

No me pareció que hubiera para tanto, pero vagamente creí entender la atracción que podía ejercer sobre él aquel cuerpo desmesurado y sin vida, y acostumbrado a exhibir ante el tío Víctor la amplitud de mis lecturas, le hablé de Melville y de la encarnación del mal. Fulgencio movió la cabeza y repuso:

—Nadie elige su forma.

Se desentendió de mi presencia y volvió a contemplar el monstruo con algo parecido a la devoción. Tenía los párpados entrecerrados y movía los labios abultados como si musitara una plegaria. Decidí irme y dejarle en paz con sus chaladuras pero él volvió a dirigirme la palabra sin apartar los ojos del objeto de su contemplación.

—La primera vez vine atraído por la novedad. Leí el aviso en la prensa y me dije: Fulgencio, aquí tienes a una compañera de desgracias: fuera de su elemento, expuesta al escarnio público por un puñado de plata.

Conocedor de sus circunstancias, yo era la única persona capaz de comprender esta singular identificación, y así se lo comuniqué mediante un murmullo afirmativo.

—Más tarde, siguió diciendo tras una larga pausa, comprendí que esta coincidencia, precisamente acá, en Barcelona, tan lejos de nuestro lugar de origen, por fuerza había de tener una significación. Poco a poco las ideas se fueron aclarando, como un rompecabezas, tú me entiendes, chico, como un rompecabezas: vas juntando una pieza con otra pieza, buscando sólo que una pieza encaje con otra pieza, ya sabes cómo, y al cabo de un rato, sin más, empiezas a ver el dibujo de la cosa, un paisaje, una escena. Tú me entiendes. Pues del mismo modo acabé viendo yo el asunto: este ser era un enviado de Dios. De las profundidades del océano envió Dios a este ser acá, a Barcelona, y a mí también, desde mi tierra, allá en Quahuicha, o Cachimba, como le decían ustedes para vacilarme, desde allá me trajo Dios por un largo camino sembrado de sinsabores y humillaciones, hasta producir este encuentro, acá, en la ciudad condal, la ciudad infame, el encuentro de este magnífico representante de la fuerza divina y este otro pobre representante de los caminos tortuosos de Dios Nuestro Señor. Y ahora tú me dirás: pero ¿para qué, Fulgencio? ¿Para qué carajo, no? Día tras día vengo acá, buscando la resolución del enigma, chico, buscando la verdadera voluntad de Dios.

Aproveché una pausa para decir:

—Fulgencio, ya tengo un demente en casa. No necesito otro, te lo aseguro.

—No, hijo, escúchame hasta el final. Por nuestra antigua amistad te lo pido. Tú eres el único en quien puedo confiar. El único.

Como probablemente él estaba en lo cierto y mi carácter era tan blando como el de mi madre, hice un gesto de resignación y, ante esta autorización tácita, añadió:

—Días y días seguí viniendo acá, privándome de lo más necesario para pagar la entrada, para comprender el nexo de unión. Venía y miraba la ballena a los ojos y rezaba para recibir una señal. A veces creía verla mover ligeramente una aleta. Entonces me decía: ahora resucitará; mis plegarias la resucitarán, como las plegarias de Jesús resucitaron a Lázaro, y con su fuerza descomunal destruirá esta ciudad de infamia y de pecado.

—Te confundes con Godzilla, Fulgencio. Si resucita esta ballena, cosa difícil a juzgar por su estado, se echará de cabeza al mar y no la volveremos a ver.

—Ay, hijo, siempre fuiste un descreído. No te lo reprocho. Yo también lo fui, hasta hace bien poco. Anda, vayamos afuera. Este aire no puede ser bueno para tus pulmones. Te convido a una Coca-Cola.

La propuesta me pareció razonable. Seguir escuchándole al aire libre era un mal menor, y la Coca-Cola era un pago difícil de rehusar. A causa del aislamiento de España en aquellas décadas, o quizá por simples razones comerciales, la Coca-Cola había desaparecido del mercado español desde la guerra civil. Pero aquel verano, por el motivo que fuese, reapareció con su cortejo publicitario. En un país cuya anémica vida intelectual se nutría de trivialidades y modas pasajeras, el acontecimiento suscitó muchos comentarios, generalmente negativos a causa del despecho y de la actitud provinciana que tiene a gala desdeñar lo que agrada al común de los mortales. Unos decían que la bebida tenía un desagradable sabor medicinal; otros criticaban su famoso distintivo, un círculo rojo con letras blancas, alegando que se confundía con la señal de dirección prohibida, lo que estaba llamado a provocar graves accidentes de circulación. El debate fomentaba la curiosidad y la popularidad de la bebida crecía sin parar. Yo también sentía una gran curiosidad por aquel producto, que estaba fuera del alcance de mi bolsillo, de modo que no dudé en aceptar la invitación de Fulgencio. Salimos de la carpa y fuimos a sentarnos a un chiringuito del puerto, que anunciaba la Coca-Cola y la servía en unas mesitas colocadas bajo un toldo de lona a rayas verdes y blancas.

Allí Fulgencio pareció recobrar la serenidad, y mientras esperábamos que nos atendieran se interesó por mí y por mis padres. Le puse al corriente de lo sucedido y se mostró afectado.

—Tu padre no merecía ese castigo, dijo. Es un buen hombre. En su alma nunca entró la malicia. Otros hacen cosas bien malas y prosperan; él abusó de la bebida y Dios le envió un terrible castigo. No tiene sentido.

—La Iglesia se lo encuentra.

—La Iglesia es un hatajo de bribones. Que esto lo diga un obispo suena raro, pero ya no tengo motivos para seguir fingiendo. Y además, ya me harté. Un hatajo de bribones, créeme, yo los vi de cerca.

El camarero nos trajo los dos botellines de Coca-Cola y durante un rato bebimos en silencio; él absorto en sus pensamientos y yo concentrado en el sabor del nuevo refresco.

—Está sabrosona, a que sí, dijo Fulgencio al cabo de un rato.

—No sé; tendré que acostumbrarme, respondí.

—Es el sabor de la civilización, hijo; no hay otro. Y ahora, dime, ¿qué piensas?

—¿De la Coca-Cola?

—No. De mí. Preguntando esto te pongo en un aprieto, ya lo sé, pero se me ha venido a la cabeza de pronto, sabes, al beber esta cosa, esta cosa chispeante, como le dicen, se me ha venido a la cabeza... Tú entendiste lo que te conté de la plegaria, ¿no? Le pedí a Dios

Todopoderoso una señal. Bueno, pues quizá me equivoqué, quizá la señal vino, pero no de Moby Dick, o no directamente de Moby Dick. Ésa está para el retiro, la verdad. Pero tú, en cambio, apareciste en mitad de la plegaria. Y yo me digo si no serás tú la señal que me manda Nuestro Señor.

—Me cuesta creerlo, Fulgencio.

—Tú eres joven y limpio de corazón. Dime la verdad, muchacho, ¿qué debo hacer?

—Dejarte de tonterías y no gastar más dinero en ese bicho putrefacto.

—No, yo digo con mi vida. Qué debo hacer con mi vida.

Reflexioné un rato. Por supuesto, no sabía qué consejo darle, pero sí tenía claro que si le decía algo contraía una gran responsabilidad, porque probablemente aquel hombre desquiciado y sin rumbo seguiría mi sugerencia al pie de la letra, o, peor aún, seguiría al pie de la letra lo que él creyera inferir de mis palabras. Pero tampoco podía irme y dejarlo allí, tan perdido. De repente me acordé de mi padre, fuera del alcance de cualquier consejo, y a quien tan bien le iría escuchar alguna vez una voz que no viniera de sus propias tinieblas. Me armé de valor y dije:

—¿No has pensado en volver a tu país? La revolución que te exilió ya quedó atrás; ahora hay un gobierno estable, reconocido por la comunidad internacional. A buen seguro ha habido una amnistía o un indulto general. Averígualo, y si ha sido así, regresa. Quién sabe si no podrías recuperar tu obispado.

Se me quedó mirando con la impavidez de siempre, como si no hubiera entendido mi propuesta; pero yo, que tal vez le conocía mejor que ninguna otra persona, pude leer el combate que se libraba en su interior. Después de una larga pausa, suspiró y dijo:

—Eres muy inteligente, muchacho. Efectivamente, hace mucho se dio una amnistía general en mi país. Pero aun así, no puedo volver.

—¿Por qué no, Fulgencio?

—Verás... hace unos años..., hace unos años maté a un hombre. No lo hice por rabia ni por venganza ni por animosidad. Lo hice por encargo.

No volvió a hablar hasta que hubimos acabado las bebidas. Cuando pensaba que su confesión no iba a tener continuidad, volvió a suspirar y añadió:

—Puedes pensar de mí lo que te venga en gana. Pero tú no sabes nada de la vida en mi tierra. Tus padres y tú vivís con estrecheces, eso bien lo sé, pero ni aun así puedes hacerte a la idea de lo que era la pobreza en mi familia. Fuimos trece hermanos; cinco murieron de chicos, y ni así nos alcanzaba... Para salir adelante sólo tenía dos caminos: la milicia y el clero. Para soldado no tengo hechura ni temple, de modo que entré al seminario. Salí ordenado y anduve pendejeando por varias parroquias miserables, donde no sacaba ni para comer una vez al día. Cansado de confesar viejas y de enseñar la doctrina a críos desnutridos, decidí ascender en el escalafón. Un cacique local bien conectado me garantizó su apoyo si le hacía un favor. No lo dudé. Un párroco muerto de hambre lo puede ser cualquiera. Para llegar a obispo hay que hacer muchos favores; o pocos, pero importantes. Un obispo es alguien, sabes, y no sólo por la plata; un obispo tiene poder, se codea con los políticos, los caciques le temen, el pueblo le obedece y las mujeres bonitas se le arrodillan delante y sólo tienes que darles la bendición mientras te solazas viéndoles la pechuga.

Al tipo que maté ni le conocía. Pero desde entonces, a veces, por las noches, viene a verme. Cuando empecé a beber, se puso bravo. Al irme de tu casa dejé el alcohol, por miedo al muerto. Encontré trabajo en una casa bien, de mayordomo o cosa parecida. Me reformé, pero ni reformado dejaba de aparecérseme el muy pendejo. Un domingo, paseando por la Rambla, trabé amistad con unos compatriotas. Vivían de vender hachís y esas vainas. A mí me la proporcionaron de buena calidad y a buen precio. Con la droga las cosas mejoraron. El muerto me seguía visitando, pero ahora nos reíamos los dos, como viejos compadres. Es así: el alcohol convoca los fantasmas; en cambio la droga trae el perdón.

Levantó la vista y la fijó en la estatua de Colón que desde lo alto de su pedestal señalaba el horizonte. Luego bajó la mirada y clavó en mí unos ojos vidriosos que no parecían hechos para escudriñar el mundo.

—A cambio de eso, prosiguió con voz triste, a cambio de eso la droga mata al hombre. Porque el hombre, muchacho, el hombre no es nada si no le empuja el diablo. Mira a tu alrededor, esta hermosa ciudad, sus monumentos, el propio almirante... No quiero personalizar; cada quien se sabe lo suyo. Pero una cosa sí te digo, muchacho: la cultura, la poesía, la filosofía, el arte..., hasta la custodia de Arfe, aquélla tan linda que trajeron cuando el Congreso Eucarístico..., todo lo han creado los borrachos. El día que la gente deje de beber y se pase a la droga, se acabó la civilización. ¿De veras crees que debo volver a mi país?

La perorata me había dejado confuso y la pregunta me pilló desprevenido.

—¿Cómo has dicho?

—Que si he de volver a mi jodido país.

—Yo no sé, Fulgencio. Por lo que me has contado...

—Quizá llevas razón. Quizá ya se olvidaron de lo que hice. Allá todo prescribe muy deprisa. Y en el peor de los casos, puedo afrontar mi culpa, ir a la cárcel, pagar mi deuda con la sociedad. Por mal que se viva en la cárcel, aquí no estoy mejor. No es el miedo lo que me retiene, chico. La cárcel se me da un carajo. Y hasta el pelotón, si me apuras. Pero el oprobio..., date cuenta...

No había más que hablar. El camarero trajo la cuenta, Fulgencio pagó y nos separamos con mucha prosopopeya. Me dio recuerdos para mi padre y me pidió que le pusiera a los pies de mi señora madre.

—Les deseo más suerte de la que tuvieron hasta el día de hoy, fueron sus últimas palabras.

Al volver a casa referí el encuentro a mis padres, aunque no el contenido de nuestra conversación. Me escucharon con fingido interés: para ellos la estancia del obispo Putucás en la casa había sido una anécdota que otros sucesos de mayor calado habían echado al olvido.

* * *

Transcurrido un año de los hechos que acabo de relatar, leí en el periódico que en la patria de Fulgencio había habido un nuevo golpe de Estado, de resultas del cual la junta que en su día había provocado su exilio había sido depuesta, aunque la situación distaba de estar consolidada. En muchas zonas del país partidarios del antiguo régimen y del nuevo luchaban encarnizadamente y se preveía la intervención de Estados Unidos como habían hecho en Guatemala cuando derribaron al gobierno de Jacobo Arbenz. Me pregunté si estos acontecimientos influirían en los planes de mi amigo o si, por el contrario, todo cuanto pudiera ocurrir en el mundo le llegaba demasiado tarde. Al cabo de unos días tuve la respuesta a esta pregunta.

A última hora de la tarde estábamos mi madre y yo en la cocina, ella preparando la cena y yo haciendo los deberes escolares, cuando llamaron a la puerta. Abrí y me encontré con Fulgencio. Seguía vistiendo andrajos, pero se había cortado el pelo y afeitado el bigote; presentaba en general un aspecto limpio, y, dentro de su habitual languidez, parecía despierto y animado. Me saludó con cierta formalidad y se disculpó por venir a una hora intempestiva sin haberse anunciado previamente. El asunto que le traía, dijo, no admitía demora. ¿Le permitía pasar y hablar un momento con mi madre? Sólo nos robaría unos minutos de nuestro tiempo. De su actitud y su tono había desaparecido la familiaridad de nuestra charla en el bar de la Coca-Cola. Le hice pasar al recibidor y cerré la puerta. A las voces acudió mi madre y se llevó una gran sorpresa, no sé si agradable, que de inmediato dio paso a una cauta cordialidad. Fulgencio fue directamente al grano. En su país las circunstancias habían dado un giro dramático; después de años de dictadura, el pueblo se había alzado en armas, pero el resultado de la revuelta todavía era incierto. Por su parte, él había comprendido que en aquellos momentos su puesto estaba allá, con sus feligreses, a cuya suerte había decidido unir la suya. ¿Todavía teníamos guardada su vestidura episcopal? Y, en caso afirmativo, ¿tendríamos algún inconveniente en devolvérsela?

Mi madre corrió a cumplir su ruego doblemente contenta: por deshacerse definitivamente de aquel personaje y por recuperar un espacio valioso en el armario. Fulgencio cogió el paquete y se dispuso a marchar. Del comedor llegaban atenuadas las notas del segundo movimiento de la Octava sinfonía de Beethoven, que mi madre y yo sabíamos de memoria. Fulgencio se detuvo, escuchó siguiendo el compás con la cabeza y dijo:

—Ahora sí es la última vez que nos vemos. Quiero darles las gracias a todos por cuanto hicieron por mí, y sobre todo a usted, señora, y pedirles perdón por mi conducta. Todo debería haber sido de otro modo, hermoso como esta música celestial, pero fue como Dios dispuso que fuera. Por su bondad desearía que Dios les recompensara. No sé si lo hará, pero, lo haga o no, yo les bendigo desde lo más hondo de mi corazón.

Abrió la puerta, salió atropelladamente y él mismo la cerró a sus espaldas, sin darnos tiempo a reaccionar. Lo que ocurrió después lo supe de forma fragmentaria, pero suficiente para reconstruir los hechos con las inevitables lagunas e incongruencias de los relatos escuchados de otros labios.

A la mañana siguiente a la visita que acabo de contar, Fulgencio Putucás se presentó en casa de la tía Conchita revestido de sus solemnes ropajes, exactamente igual que el primer día que le vimos. A la Leres, que le abrió la puerta, le preguntó si la señora estaba en casa. Impresionada por su apariencia, la Leres le hizo pasar al salón y le rogó que aguardara allí mientras ella avisaba a la señora. La tía Conchita se estaba acabando de vestir cuando la criada le anunció la presencia del señor obispo. Mi tía montó en cólera.

—Di órdenes de que bajo ningún concepto se dejase entrar en mi casa a semejante mamarracho y, que yo sepa, no he revocado la orden, dijo.

La pobre Leres, que no sabía lo que significaba el verbo revocar, se disculpó haciendo pucheros. No había tenido valor para dar con la puerta en las narices a un alto representante de la Santa Madre Iglesia. Mi tía se puso colorete, se pintó los labios y, recompuesta su dignidad, fue al encuentro del obispo dispuesta a echarlo con cajas destempladas. Pero también a ella le impresionó la augusta presencia de quien encarnaba, siquiera en las formas externas, aquello ante lo que estaba acostumbrada a postrarse con humildad y obediencia ciega.

—¿En qué puedo servirle?, dijo con menos sequedad de lo planeado.

—Señora, repuso el prelado, hace unos años circunstancias infaustas me obligaron a dejarle en depósito el pectoral y el anillo. Ahora, por razones que no viene al caso explicitar, he decidido regresar a mi diócesis y a compartir la suerte de mi grey, por lo que le encarezco tenga la bondad de reintegrarme los mencionados objetos de culto.

Mi tía estaba al corriente de los sucesos a los que el obispo hacía referencia. La revolución que había estallado en el país era de signo marxista y se había declarado sin ambages enemiga mortal de la religión. A los ojos de mi tía, el obispo corría hacia el martirio. Esto la conmovió.

—No faltaría más, dijo.

Como el pectoral y el anillo estaban guardados en la caja de caudales, mi tía despachó a la Leres, que seguía con la boca abierta el desarrollo de la confrontación. Cuando la criada hubo salido, mi tía fue al cuadro que ocultaba la caja y accionó el mecanismo que lo hacía girar sobre las bisagras. El señor obispo se retiró discretamente al otro extremo del salón para no presenciar la operación de apertura y cierre. Efectuadas éstas, la tía Conchita se reunió con él y le entregó un paño que envolvía las dos piezas. El obispo tomó el paño, lo guardó en uno de los amplios bolsillos de su ropa talar, dio las gracias y se despidió. Mi tía, algo cohibida, le preguntó si podía ofrecerle alguna cosa. El obispo se aclaró la garganta y dijo que agradecería un vaso de agua, pues estaba muerto de sed. Mi tía salió rápidamente y regresó con una bandeja en la que había un vaso, una jarra de agua fría y una servilleta de hilo. Monseñor Putucás se bebió el vaso de un tirón, lo dejó en la bandeja y se enjugó los labios; mi tía, muy solícita, le preguntó si no deseaba algo más. El obispo enderezó la espalda y levantó la mano enguantada.

—Señora, dijo, yo no quiero nada de usted. Cuando tuve necesidad, usted me puso en la calle. Usted finge ser cristiana, pero no lo es, porque el cristianismo es amor y caridad y usted no practica estas dos cosas. Me acogió por vanidad y me echó por egoísmo. No la condeno. Yo también actué en la vida movido por la soberbia. Si hubiese ingresado en la escuela militar, habría querido llegar a general, y quién sabe si a gobernar la nación mediante una asonada. Pero como fui a dar al seminario, quise ser obispo, sin importarme los medios. Hasta soñé con llegar a Papa. Por suerte Dios Todopoderoso dispuso que no lo consiguiera. Antes al contrario: me sometió a duras pruebas y así llegué a ver dónde está la verdad y dónde la mentira.

La tía Conchita se había quedado muda, pálida, al borde del colapso. Antes de que pudiera recobrar la presencia de espíritu, el obispo había salido del salón, había desandado el pasillo y se había ido. Nunca lo volvimos a ver.

Mi tía estaba tan afectada por las duras palabras del prelado que ni siquiera refirió lo sucedido a su marido.

Dijo estar indispuesta y se encerró en su cuarto, del que no salió ni para cenar ni para ver a su familia. A la mañana siguiente, el tío Agustín llamó a la puerta de la alcoba de la tía Conchita y, cuando ésta abrió, le preguntó si la víspera había recibido a alguien en el salón. Mi tía dijo que el obispo Putucás había ido a recoger sus ornamentos. Mi tío preguntó entonces si el obispo había estado solo en el salón. Sí, dijo la tía Conchita después de reconstruir los hechos en la memoria, por dos veces, primero cuando la Leres fue a buscarla, y luego cuando ella fue por el vaso de agua. ¿A qué se debía aquel interés?, preguntó la tía Conchita presa de la inquietud, porque para entonces ya había percibido un brillo febril en la mirada de su marido. Alguien, dijo el tío Agustín entre dientes, había abierto la caja fuerte y se había llevado objetos de valor.

—Debe tratarse de un error, murmuró mi tía.

—Sí, dijo el tío Agustín, de un gravísimo error. Tuyo.

Mi tía reconoció haber mostrado en su día al obispo el escondrijo de la caja fuerte, incluso haberla abierto en su presencia. Pero eso había sucedido mucho tiempo atrás, cuando el obispo todavía era su huésped, en los días lejanos del Congreso Eucarístico. El tío Agustín dijo algo sobre la eucaristía que mi tía no entendió o no quiso entender. Recordando haber mostrado sus joyas al obispo, preguntó si era eso lo que había desaparecido. Mi tío hizo un movimiento con la cabeza que ella interpretó en sentido afirmativo y se desmayó. En realidad el ademán de mi tío quería indicar lo contrario: el ladrón no había tocado las joyas, sólo se había llevado dinero en efectivo. El desmayo ahorró a mi tía las iras de su marido. Tenía el corazón delicado y el tío

Agustín se alarmó al verla exánime. Acudió el médico de la familia, que auscultó a la tía Conchita y dispuso que fuera trasladada sin demora a la clínica Corachán. Este percance distrajo a mi tío del robo, respecto del cual, por otra parte, poco podía hacer. El dinero sustraído no eran pesetas, sino francos franceses, francos suizos y dólares. No sé si la procedencia de este dinero era irregular, pero sí lo era la posesión de divisas sin autorización de las autoridades monetarias. Mi tío, como mucha gente de su nivel social, tenía una confianza limitada en la buena marcha de la economía española y guardaba un pequeño fondo en moneda fuerte, a salvo de la inflación, la depreciación y otros contratiempos. Por todo ello, no podía denunciar el robo. Habló con un amigo suyo que ocupaba un alto cargo en el cuerpo de policía y éste le puso al corriente de las andanzas del obispo desde que dejó de ser su huésped de honor: las borracheras, las pendencias, los escándalos y, finalmente, el tráfico de drogas con que se había ganado el sustento en los últimos tiempos. La policía lo conocía y estaba al tanto de sus actividades, pero se había abstenido de actuar contra él por su condición de obispo y porque las infracciones que cometía eran de muy poca importancia y el sujeto no presentaba signo alguno de peligrosidad.

Cuando la tía Conchita se hubo repuesto, vino a casa y cubrió a mi madre de reproches. Éramos nosotros, según dijo, los que habíamos iniciado a Fulgencio en la mala senda y luego, aun conociendo la calaña del sujeto, no la habíamos advertido, coadyuvando así a un abuso de confianza que se habría podido evitar fácilmente. Mi madre escuchaba en silencio. De la habitación donde mi padre pasaba las horas llegaban los acordes de un trío de Schubert. En un momento de su soliloquio, mi tía se puso de pie y empezó a caminar como una pantera enjaulada por el recibidor, cuyas dimensiones apenas si le permitían dar dos o tres pasos hacia un lado y hacia el otro. Iba subiendo la voz y sus razonamientos se veían interrumpidos por sollozos irreprimibles. Al final se puso a llorar con desconsuelo. Lo que más le irritaba, dijo, era haber caído en la trampa de un sinvergüenza que, encima de haberle robado, se había permitido darle lecciones de moral. Al llegar a este punto, dominando la música, se oyó una estruendosa carcajada de mi padre, que había estado escuchando la diatriba con la oreja pegada a la puerta. Al oír la risa, mi madre no se pudo contener y también prorrumpió en grandes carcajadas. Entonces la tía Conchita dejó caer los brazos que había estado agitando durante el discurso, como si llevara una cimitarra en cada mano, dejó escapar un hipido y también se puso a reír. Salió mi padre del comedor y los tres se abrazaron y estuvieron riéndose a mandíbula batiente hasta que se les agotaron las fuerzas. En la implacable monotonía de sus vidas, aquel suceso imprevisto y pintoresco era poco menos que un regalo del cielo.

Éste fue el último momento de felicidad familiar. Pocas semanas más tarde, la enfermedad real de mi padre se manifestó en forma inequívoca y murió después de un mes de agonía. Apenas un año más tarde, la tía Conchita sufrió otro ataque y ya no se recobró. El médico insinuó que la pena producida por la muerte de su hermano había podido precipitar su propio fin.

Nunca supimos qué fue de Fulgencio Putucás. Durante un tiempo pensé que me escribiría o encontraría medio de hacerme llegar noticias suyas y de interesarse por mí. Pero no lo hizo, quizá porque no pudo. En su país la revolución siguió adelante hasta que el ejército, con la colaboración de Estados Unidos, acabó con los focos de rebeldía. Tal vez el dinero sustraído a mi tío Agustín permitió a Fulgencio comprar un pasaje para su país y allí participar en los acontecimientos. Tal vez le sobró algo para colaborar con las fuerzas revolucionarias con víveres o medicinas o armas, o para socorrer a la población de Quahuicha. Si fue así, no sirvió de nada. Es posible que, en la cruenta represión que siguió a la victoria gubernamental, Fulgencio acabara como tantos otros en el paredón, que diera su vida por la justicia, redimiendo sus culpas ante un pelotón de fusilamiento. También es posible que con el producto del robo se hubiera comprado un pasaje a otro lugar, a un país donde reinara la paz, un hermoso paraje tropical donde acabar sus días tranquilo y feliz, sesteando en una hamaca. Pero estas dos versiones, o cualquier otra, son meras conjeturas.

Siempre he guardado de Fulgencio un recuerdo afectuoso, aunque nunca he podido perdonarle la injusticia que cometió con la tía Conchita. No le faltaban motivos para guardarle rencor y era inevitable que, llegada la ocasión, la cubriera de improperios; pero para ella lo que en realidad sólo fue un berrinche supuso una condena bíblica que dio al traste con su vida. No entendió, ni yo tuve entonces la lucidez necesaria para explicarle, que monseñor Putucás, al margen de sus oropeles, no era más que un indio pobre, necio, sin amigos y sin recursos, abandonado a su suerte en una España humillada, deprimida y dispuesta a hacer pagar sus frustraciones al más débil. En este sentido, también la tía Conchita había sido una víctima, por más que su situación familiar, su rango social, su comportamiento e incluso su porte impidieran que alguien la viera bajo este aspecto.

Según pude ir sabiendo de un modo gradual e incompleto, la tía Conchita no había sido especialmente piadosa en su juventud. Le gustaba leer novelas, la música y el baile. Le horrorizaba el nombre de María Concepción, que le habían puesto para halagar a una madrina vieja y estúpida, y aún detestaba más el diminutivo de Conchita, con el que hubo de cargar toda su vida. Por lo visto, en la adolescencia hizo algún intento de cambiárselo, porque entre los papeles que dejó al morir se encontraron unas cartas a una amiga de la infancia con la firma de «Gisela».

La guerra desbarató los sueños que hubiera podido alimentar y le hizo perder toda confianza en el porvenir. Paradójicamente, los avatares de la contienda le proporcionaron un marido en la persona de Agustín Voralcamps. Sin duda no colmaba sus expectativas, pero se aferró a él porque la personalidad, la actitud y la fortuna de su pretendiente le brindaban la posibilidad de llevar a cabo el proyecto que se había forjado de un modo inconsciente, pero con gran determinación. En cuanto tuvo asegurada una existencia libre de preocupaciones, puso todo su empeño en inmovilizar el mundo, ya que, en su experiencia, la más mínima alteración constituía un peligro cierto y la amenaza de algo terrible. Para conseguir este propósito renunció a todo. Si de joven tuvo alguna afición, no la conservó en la edad adulta; no creo que nada le proporcionara ningún placer, salvo la música; los placeres de la buena mesa, los viajes, la compañía de personas ajenas a su círculo estricto, los pequeños halagos de la vanidad femenina (ropa, zapatos, bolsos, perfumes), todo la dejaba indiferente. Su única fuente de satisfacción era haber creado un mecanismo perfecto que se mantenía invariable en un perfecto vacío.

Para poder llevar a término un objetivo tan drástico, redujo el mundo a su familia. No era empresa fácil: la tía Conchita no se dejaba engañar por sus fantasías y sabía con qué material tenía que trabajar; sabía que con su marido no podía contar y que de sus hermanos, dos eran unos zascandiles, otro era tonto y otro alcohólico, pero nada de esto le hizo desanimarse ni retroceder. Era la única hermana, y la mayor, y además rica, y esto le daba un poder considerable en una sociedad matriarcal y reducida a la obediencia. De este modo, con su extraordinaria fuerza de voluntad, consiguió mantener durante varias décadas lo que en mi recuerdo son lánguidas veladas en un salón sobrecargado, a la tenue luz de unas bombillas de baja intensidad filtrada por pantallas de seda granate, en invierno con una calefacción asfixiante y el crepitar de unos troncos en la chimenea, en verano con las baldosas desnudas, los balcones abiertos, las fundas blancas sobre los sofás y las butacas y el ruido acompasado de los abanicos. No tenía ideología ni creencias. Hizo suyas la religión y la dictadura porque le proporcionaban el método para llevar a cabo su proyecto personal, pero de puertas afuera no le interesaba nada y aborrecía mezclarse con cualquier manifestación pública: nunca trató de codearse con el poder, como hicieron tantas esposas de hombres influyentes, y salvo el estricto cumplimiento de los preceptos, ni siquiera frecuentó la iglesia. El suyo era un reino de clausura, penumbra y silencio.

* * *

Después de la muerte de mi padre yo seguí mis estudios y con no pocos sacrificios me licencié en Ciencias Políticas; luego me fui al extranjero, convencido de que me sentaría bien alejarme por un tiempo del ambiente familiar y de una Barcelona en la que nada me retenía: mi madre siempre fue buena administradora y sin mí podía vivir sin estrecheces. Prematuramente envejecida pero liberada de cargas y sinsabores, llevaba una existencia tranquila, aunque no ociosa: recuperó su pequeño círculo de amistades y adquirió y cultivó nuevos intereses y aficiones. Nos escribíamos a menudo, yo la llamaba de vez en cuando y la visitaba esporádicamente.

Lo que para mí había de ser una breve estancia en el extranjero se convirtió en residencia permanente. Me casé, compré una casa con porche, garaje y jardín, tuve hijos y, sin renunciar de ningún modo a mi pasado, sentí que la suerte me había regalado una segunda existencia mejor que la primera. Un día, al cabo de unos años, me llamó un desconocido para notificarme el fallecimiento de mi madre. Desde hacía tiempo tenía problemas cardiovasculares; la muerte la sorprendió sola en su casa, poco antes de la medianoche, sentada frente al televisor. Con las prisas, hube de viajar solo a Barcelona, adonde llegué con el tiempo justo para asistir al funeral.

Allí me encontré con el tío Víctor, a quien no había vuelto a ver desde mi marcha. Debido a su edad y a su precaria salud, vivía en una residencia, de la que excepcionalmente había salido para la ocasión. Por él supe del resto de la familia.

El tío Antón, el que vivía en la Guinea Española, había regresado a España a raíz de la independencia de la colonia, en 1968. Lo primero que hizo al volver fue separarse de su esposa, la tía Eulalia, la malograda cantante, que, al parecer, durante su prolongada ausencia se había liado con su cuñado, el tío Fran. Después de la separación, el tío Fran y la tía Eulalia hicieron pública su relación, pero como la legislación vigente les impedía formalizarla y la sociedad en que vivían admitía este tipo de componenda, se fueron a vivir a Málaga, donde nadie les conocía. Por su parte, el tío Antón rompió con la familia, a la que hacía responsable de la traición de su esposa. El tío Víctor ofreció la disculpa, a mi modo de ver verosímil, de que todos estaban al corriente del asunto y daban por sentado que el tío Antón también lo estaba; y no sólo eso, sino que todos creían que en la Guinea el tío Antón vivía amancebado con una negra y tenía una recua de mulatitos. El tío Antón le dio un puñetazo y le amenazó con presentar contra él una querella criminal por injurias. La mediación del tío Agustín le disuadió de interponerla, pero no volvió a dirigir la palabra a ninguno de sus parientes. Poco después de este incidente, el tío Agustín sufrió una caída aparatosa y se rompió varios huesos, de resultas de lo cual acabó contrayendo segundas nupcias con la enfermera de treinta años que lo cuidaba. Como mis primos no congeniaban con su nueva madre y como la estrella del tío Agustín había empezado a declinar con el advenimiento de la democracia, uno tras otro se fueron distanciando de su padre. La chica, que tenía mi edad, se casó con un ingeniero belga y actualmente vive en Kuwait; el mayor de los dos varones era notario en Valencia; al otro el tío Víctor le había perdido la pista. Ninguno de ellos había ido nunca a visitarle. Yo tampoco, y me avergoncé recordando la época en que el tío Víctor iba todas las tardes a ver a mi padre al sanatorio y luego a casa, para obligarle a salir. De este modo se deshizo el clan que la tía Conchita había puesto tanta energía en amalgamar.

Después del funeral me quedé un par de días en Barcelona, poniendo orden en los asuntos pendientes a causa de la repentina desaparición de mi madre.

Como primera medida, fui al piso donde ella había muerto y donde había vivido desde que yo me fui. Juiciosamente, había optado por dejar nuestra antigua vivienda, cuyas dimensiones le daban más trabajo que comodidad y con cuyos fantasmas prefería no compartir la soledad de sus noches. Sin ayuda de nadie encontró un piso pequeño y barato, bien proporcionado, con terraza, mucha luz y una vista espaciosa. La mudanza, por añadidura, le permitió ir cortando discretamente los lazos que la unían a la familia de mi padre. Por más que la había visitado allí muchas veces, cuando entré nuevamente en el piso me impresionó un deterioro y un abandono que jamás había percibido antes, como seguramente ella tampoco percibía. El mobiliario y el menaje eran inservibles y según pude comprobar, sin sorpresa ni censura, mi madre no guardaba nada que tuviera un mínimo valor sentimental. Solamente al fondo de un cajón encontré un viejo cuaderno. Lo reconocí de inmediato, porque era uno de los centenares de cuadernos que yo había utilizado para hacer los deberes escolares. Al abrirlo comprobé que sólo algunas páginas estaban escritas, pero no por mi mano, sino por otra de trazo inseguro que reconocí de inmediato. Las primeras páginas contenían notas relacionadas con temas previsibles: el Pisuerga es un afluente del Duero; a Carlos I le sucedió Felipe II; los siete pecados capitales son la ira, la gula, la lujuria, la avaricia, la soberbia, la pereza y la envidia. A continuación venían varias páginas de anotaciones de carácter personal, como el esbozo de un diario mínimo y deslavazado: anoche terminó la guerra de Corea por la gracia de Dios; ayer tarde vi a Kubala andando por la calle. En la página siguiente, con letra temblorosa: la bruja esconde su tesoro detrás de un cuadro en la sala. En la siguiente: la combinación de la caja fuerte es 7-12-93-25. La última anotación decía: Moby Dick, la ballena gigante, estuvo en Barcelona para confusión de malos y edificación de buenos y anteayer se fue pal carajo, y yo con ella.

Durante un rato estuve tratando de imaginar cómo había llegado aquel cuaderno a manos de mi madre después de la marcha de Fulgencio y, sobre todo, por qué razón, de todos los posibles recuerdos de aquella época, mi madre había decidido guardar precisamente éste. Pero todas las suposiciones que pude hacer chocaban de inmediato con un muro de misterio. De modo que me propuse no pensar más en el asunto; añadí el cuaderno a todo lo que estaba destinado a la basura, cerré el piso, dejé las llaves en casa del propietario y emprendí cuanto antes el regreso a mi nuevo hogar.

EL FINAL DE DUBSLAV

Dubslav recibió al mismo tiempo la noticia de la muerte repentina de su madre y la noticia igualmente inesperada y más chocante si cabe de haberle sido concedido a ella el Premio Europeo a la Realización Científica por sus descubrimientos en el campo de la oftalmología; las dos noticias, contenidas en un solo y escueto telegrama del Ministerio de Asuntos Exteriores, le llegaron, a través de la Embajada Española en N'Djamena, de manos de un médico noruego de pelo blanco, quizá albino de origen, tez curtida por los rigores del clima y la intemperie, huraño y abatido. Había acudido años atrás a esta región (la llamó *ce replis de la terre* como si Dubslav hubiera de reconocer de inmediato el origen de la cita) con la mejor disposición y las más nobles intenciones; luego el tiempo, las penurias (también cosas vistas y oídas) habían acabado convirtiéndolo en el hombre derrotado de hoy: un europeo civilizado sin reparo alguno en confesar su desprecio por los nativos, a quienes no obstante seguía atendiendo contra viento y marea, con la mayor entrega y eficacia. Probablemente era un buen médico o, al menos, un profesional suficiente para el lugar.

A su paso por el poblado de camino hacia otro poblado, tierra adentro, visitó a los enfermos, entregó a

Dubslav los dos telegramas y al cabo, sin atender a los ruegos de éste, emprendió viaje hacia el sudeste en una camioneta habilitada como hospital ambulante; había salido aquella misma mañana de Hjader y veía preciso estar en Kmura antes del anochecer; no podía perder el tiempo en finezas.

—Pero yo debo regresar sin falta a Madrid, cuanto antes, dijo Dubslav; vea usted mismo el telegrama: mi madre acaba de fallecer.

El médico noruego disparaba de cuando en cuando su revólver al aire para espantar a los nativos; así, dijo, no se atreverían a reventarle las ruedas de la camioneta, como deseaban hacer, como habrían hecho con gusto, dijo, simplemente para impedirle llevar remedio a los enfermos de otros poblados vecinos, de su misma etnia, pero rivales por unas razones atávicas, sin origen ni fundamento, pero firmemente arraigadas en lo más oscuro y mugriento de la memoria colectiva.

—Pero mi madre acaba de fallecer, insistió Dubslav.

—En tal caso, no había prisa, respondió el médico noruego. Si saliera ahora mismo hacia Madrid, cosa de todo punto imposible, no llegaría al entierro, le hizo ver, y para las exequias disponía del resto de su vida. Él, en cambio, había de conducir treinta y cinco millas a campo traviesa antes de caer la noche, so pena de ser sorprendido por los beduinos, apresado y conducido a una jaima y allí, según dijo él mismo, sometido a una vejatoria y dolorosa sodomización.

Dubslav interrogó con la mirada al hechicero y éste, por toda respuesta, movió la cabeza en forma afirmativa, se señaló a sí mismo y luego, en un gesto amplio, al resto del poblado, dando a entender lo generalizado de aquella experiencia, no por habitual menos traumática.

Dubslav se dio cuenta del riesgo corrido y de su buena suerte: en el largo viaje no había tenido ningún encuentro fortuito con los beduinos. En esto, como en todo, siempre había sido una excepción, un individuo ajeno a la estadística, con todas las ventajas pero también con todos los inconvenientes de este extraño privilegio.

Comprendiendo las razones del buen doctor, Dubslav lo dejó marchar. Luego reflexionó sobre lo ocurrido. La noticia de la muerte de su madre le había producido una consternación mitigada por la lejanía: aquí todo le parecía remoto, casi inverosímil. El telegrama (enviado por el Ministerio de Asuntos Exteriores, fechado tres días antes) no explicaba la causa del fallecimiento; Dubslav había estado con su madre poco antes de emprender este viaje y la había encontrado bien, pletórica de energía; tal vez había sufrido un ataque fulminante, pensó. Si hubiera muerto de resultas de un accidente el telegrama lo habría mencionado. Todo esto, sin embargo, carecía ya de importancia.

* * *

Dubslav no había conocido a su padre, un cirujano yugoslavo llamado Dubslav, a secas. Su madre juraba haber olvidado el apellido de aquel hombre, por lo demás casado, con trabajo y familia en Belgrado cuando ambos coincidieron en un congreso celebrado en Taormina y compartieron dos noches de desapasionada intimidad. Seguramente el cirujano yugoslavo nunca sospechó haber engendrado a Dubslav en aquella ocasión ni supo luego de su existencia. En esta ignorancia, por lo demás, no había habido premeditación alguna. Simplemente su madre descubrió el embarazo de regreso a España y decidió tener aquel hijo, desoyendo con ello los consejos de amigos y colegas. Todos le auguraban el final de una carrera prometedora por culpa de este tropiezo, en una España exageradamente celosa de la conducta moral de las mujeres, dispuesta a castigar con el aniquilamiento cualquier desliz, y aún más un desliz con consecuencias tan notorias. Precisamente ahora, le dijeron sus amigos y colegas, cuando empezaba a hacerse un nombre en el mundo académico, un triunfo desusado, tratándose de una mujer. Ya se verá, había respondido ella, si alguien tiene un problema en los ojos y yo se lo resuelvo, vendrá igual.

En esto llevaba razón y el tiempo acabó por dársela. La presencia poco conspicua pero de todos conocida de un hijo ilegítimo no le impidió proseguir su carrera y colmar con creces las grandes esperanzas depositadas en ella por sus maestros. De seguro se habría convertido en una celebridad si sus éxitos científicos hubieran trascendido al gran público en vez de haber estado restringidos a un círculo limitado de especialistas, pero esto a ella nunca le importó: era de natural retraída en extremo y prefería las ventajas del anonimato a los halagos de la fama. Ahora, finalmente, le llegaba el reconocimiento de la sociedad en forma de un premio internacional otorgado el mismo día de su defunción. Esta coincidencia se le antojaba a Dubslav irónica y siniestra. Ahora Dubslav se arrepentía de haber emprendido aquel viaje estéril, y así se lo confesó al hechicero. El hechicero, acostumbrado a los bruscos decaimientos de Dubslav, le propuso una solución intermedia. Si se apresuraba y no tropezaba con ningún obstáculo, tal vez pudiera llegar en dos días a Bruselas, donde tendría lugar la concesión del premio, y recogerlo en nombre de su difunta madre. Éste sería, en fin de cuentas, el mejor homenaje.

Dubslav reflexionó un instante y comprendió lo acertado de la sugerencia.

* * *

¿Cómo había ido a parar Dubslav a aquel rincón olvidado del planeta?

Cuatro meses atrás, mientras se bañaba en una playa de la Costa Brava, excesivamente concurrida para su gusto, Dubslav había sentido un leve golpe en la nuca acompañado de una sensación confortante como el roce de una mano tibia en la frente. Como en otra ocasión había experimentado el mismo síntoma y recordaba las consecuencias inmediatas había nadado con tesón hasta la orilla; allí se desplomó, boca arriba. No se le nubló la vista sino el cerebro: veía el cielo y el sol y los cuerpos de los bañistas, pero no comprendía ni su actitud expectante ni su desconcierto. Deseoso de aclarar la situación, acertó a murmurar: No tengo hernia de hiato. Luego sucumbió a la parálisis exterior e interior. Unos voluntarios de la Cruz Roja lo colocaron en una camilla, lo cargaron en una ambulancia y ésta lo condujo al Hospital de Gerona, donde ingresó cadáver. Así estuvo un tiempo indefinido (seis días y cinco noches, le dijeron luego) en estado de suspensión, conectado a una batería de máquinas, a la espera de un apagón o de una decisión facultativa, sin dolor ni placer, sin curiosidad ni hastío. A veces tenía episodios fugaces de discernimiento, imperceptibles para los demás; entonces oía palabras sin atender a su significado, con irritación, como si hubieran sido dichas para interferir enojosamente en su reposo. Luego recaía en la más completa indiferencia, sólo rota de cuando en cuando por una visión reiterada: un paisaje árido, una luz cegadora, sombras moviéndose al compás de un latido grave y monótono. De esta visión había de quedar impreso en la conciencia de Dubslav un recuerdo preciso y la certidumbre de haberla vivido por anticipado; en sus fugaces periodos de lucidez, sólo percibidos por el propio Dubslav, tomó la decisión de volverla a vivir en la realidad, como una obligación perentoria contraída con el mundo material, si regresaba a él. Pese a las apariencias, como el propio Dubslav supo desde el principio, aquella visión no tenía nada de vivencia mística; por el contrario, para Dubslav la visión era fácilmente explicable: la víspera del colapso, solo en la habitación del hotel de la Costa Brava donde se proponía pasar unos días descansando de un viaje fatigoso, había visto por la televisión distraídamente, en estado de duermevela, un reportaje sobre cierta región desértica y hostil, maltratada igualmente por la naturaleza y por los hombres. Allí la supervivencia era imposible y, sin embargo, la presencia humana era un hecho incontestable. Dubslav no sentía simpatía alguna por este tipo de obstinación, totalmente contrario a su modo de entender la vida. No obstante, las imágenes debieron de quedar grabadas con fuerza insospechada en algún rincón de su memoria. Ahora, antes de abandonar el mundo, les pasaba revista como si la contemplación descuidada de aquel programa de televisión, carente de todo interés para Dubslav, hubiera sido la última de una larga serie de gestiones. Ésta había sido su última ocupación: ahora gradualmente la imagen iba perdiendo la nitidez, la claridad, el brillo; el sonido ya era casi imperceptible.

Recobró el sentido al oír la voz de su madre. Luego se preguntaba con exasperación si no había sido esta voz la causa real de su regreso al mundo de los vivos. De ser así habría sido igualmente un fenómeno raro: Dubslav no creía tener con su madre un vínculo afectivo tan poderoso. Por el contrario, sus relaciones siempre habían sido distantes, caracterizadas por una superficial cortesía. Ella nunca había manifestado por su hijo ningún cariño y Dubslav, retrocediendo de despecho en despecho por la senda del descontento, había acabado por reprochar a su madre la forma negligente de su concepción. No aspiraba a ser fruto del amor y la voluntad; se habría conformado con haber nacido, como la mayoría de las personas, de una benévola predisposición a las improvidencias del ardor. Pero no era éste su caso. La propia experiencia e incluso algunas manifestaciones oblicuas de su madre condujeron a Dubslav a una conclusión tal vez errada en términos objetivos pero válida para él mismo, según la cual su madre habría buscado aquella remota aventura pasional con el propósito deliberado de quedar embarazada, y habría tenido un hijo en circunstancias irregulares precisamente para granjearse el rechazo irrecusable de la sociedad, para cortar en forma irremisible todo vínculo con esta sociedad: en suma, para obtener por este procedimiento drástico la soledad indispensable para llevar a cabo sus investigaciones científicas. Otros reproches no podía hacerle: desde el momento de su nacimiento Dubslav había vivido separado de su madre (pues de lo contrario se habría convertido en el principal obstáculo a su trabajo), pero había sido atendido meticulosamente por una serie inacabable de amas, institutrices y enfermeras. Recibió una educación escolar esmerada y costosa, y en internados estivales aprendió lenguas de inmediata aplicación. Durante todos estos años formativos vio muy poco a su madre y nunca en condiciones favorables para establecer una relación de afecto o de confianza. Otra cosa, conforme a la teoría elaborada por el propio Dubslav, habría estado en contradicción flagrante con los motivos de su engendración maquinal, de la función secundaria deliberadamente asignada a su existencia. Por eso a la hora de elegir una profesión no se le pasó por la cabeza estudiar medicina para especializarse luego en oftalmología, pese a ser hijo no ya de una, sino de dos celebridades en esta especialidad. De hecho, no eligió profesión alguna. Ingresó por inercia en la universidad e inició sucesivamente estudios de filosofía, de arte y de literatura, y los fue abandonando uno tras otro hasta agotar el tiempo prudencial asignado por la sociedad a un universitario. Entonces se dedicó a viajar. Su madre le había facilitado esta salida (como había fomentado indirectamente su irresolución, quizá sin proponérselo) asignándole una renta suficiente para cubrir sus necesidades y caprichos. Tal vez con esta generosidad inusitada pretendía compensar los años de abandono o tal vez consideraba a Dubslav incapaz de satisfacer sus propias necesidades. La relación entre ambos se había ido haciendo cada vez más formal: cualquier posible roce se solventaba sin dificultad; por firme decisión de ambas partes, ningún incidente favoreció su aproximación o su alejamiento; y cuando Dubslav empezó a viajar en forma permanente, incluso esta relación esporádica quedó rota.

Durante varios años Dubslav vagó por Europa, de ciudad en ciudad, sin buscar nada ni rechazar nada. La educación recibida y el aprovechamiento de la experiencia adquirida en estos mismos viajes lo mantenían a salvo del hastío. Nunca cayó en las tentaciones propias de la vida fácil y errática y no contrajo ningún vicio, no tanto por integridad moral como por evitar cualquier forma de dependencia. Había heredado el carácter fieramente solitario de su madre y se preguntaba a veces si su padre no poseería idénticas características, si no estaría tratando a su familia en Yugoslavia con la misma indiferencia, entregado en cuerpo y alma a sus investigaciones. Pero esta pregunta no le inquietó hasta el extremo de impulsarle a hacer averiguaciones al respecto: jamás dio un paso encaminado a saber algo acerca de su padre ni sus incesantes viajes lo llevaron a Yugoslavia, donde habría podido indagar en el reducido círculo de los especialistas en oftalmología. Prefirió dejar a su padre en la ignorancia de tener un hijo llamado como él, Dubslav, y él, por su parte, continuar sin un padre innecesario a aquellas alturas de su vida. En realidad, Dubslav no necesitaba a nadie: era agradable de aspecto y de trato, culto y acomodado; si bien rehuía por principio el contacto con la sociedad, no le faltó, cuando quiso, la camaradería ocasional de los hombres ni la compañía de las mujeres. Pero siempre eludió la intimidad y cortó de raíz cuanto pareciera preludio a una vinculación. A la edad de treinta años aún no había conocido ni la felicidad ni el sufrimiento.

Tal vez por esta causa, cuando un trastorno biológico lo colocó a las puertas del más allá, no hubo nada en su interior capaz de obstaculizar un tránsito indoloro hacia la salida de un mundo habitado hasta entonces con sosiego y deleite, pero sin gratitud ni apego. Sólo en el último instante la voz de su madre, oída en forma inopinada y fortuita (unas palabras dirigidas a otro especialista, en el frío tono profesional de la persona habituada a los casos clínicos más dramáticos, para recabar información sobre su hijo, ya desahuciado, sin el menor rastro de conmiseración ni de reparo a su presencia, convencida de no ser oída por él), lo sustrajo al plácido desenlace, infundiéndole una mezcla de rebeldía y de coraje hasta entonces ajenos a su ánimo.

Los médicos se sorprendieron de esta reacción y se mostraron cautos a la hora de emitir un pronóstico. Le preguntaron si había experimentado anteriormente los mismos síntomas y Dubslav les refirió una experiencia reciente.

Unos meses atrás, Dubslav había asistido en Berlín a un concierto de la Orquesta Filarmónica. La música era su única pasión, le gustaba por encima de todas las manifestaciones del espíritu, seguramente por su naturaleza incorpórea y efímera, destinada a extinguirse en el acto mismo de su existencia, a convertirse de inmediato en recuerdo inestable y falaz. Nada le producía tanto bienestar como regresar a un hotel donde nadie le esperaba, caminando solo en una noche de invierno por las calles de una ciudad mal conocida, rodeado del silencio más profundo, cuando el frío se había apoderado paulatinamente del aire, de la luz, de los colores y de los sonidos. En esta ocasión (en Berlín) caminaba por un parque desierto: los árboles estaban sin hojas y las farolas reflejaban su resplandor amarillento, nimbado de humedad, en el asfalto mojado del sendero; había hielo en las orillas. Dubslav notó un golpe en la espalda, cerca de la nuca, como si alguien le hubiera arrojado un objeto blando, pero al mirar en todas direcciones no vio a nadie. No le extrañó: más le habría sorprendido la presencia de un bromista en aquel lugar, a aquella hora, en aquel clima gélido, a la espera de un paseante improbable. Al mismo tiempo sintió en la frente la misma caricia cálida y confortadora; le invadió una sensación de bienestar y de extrema debilidad. Consiguió alcanzar un banco de madera y se sentó; ahora oía a lo lejos pero con nitidez los compases de la Cuarta sinfonía de Bruckner recién escuchada, como si la orquesta, una vez desalojado el auditorio, hubiera decidido volver a ejecutarla, y él pudiera oírla a través de las paredes insonorizadas del edificio en la quietud del parque. Probablemente habría muerto a causa del frío si al cabo de un rato, cuando ya se había rendido al dulce influjo de la música, no hubiera distinguido claramente la voz del director de orquesta sobresalir del tumulto de los instrumentos y gritar: *Scheiße con brío!* Esta admonición, inadmisible en una persona de probada seriedad, le obligó a regresar al mundo de los vivos. No sin esfuerzo recobró el aliento y la energía, se levantó y siguió caminando hasta llegar al hotel aterido y derrengado.

Al día siguiente regresó a Madrid y allí le contó lo sucedido a un amigo médico. Éste, alarmado, lo hizo acudir a varios especialistas. Todos ellos alcanzaron un mismo diagnóstico: el desmayo sufrido en Berlín había sido un primer aviso. Probablemente, le dijeron, no habría un segundo aviso.

Los médicos del hospital de Gerona, al oír este relato, manifestaron su coincidencia de criterios y su asombro: su recuperación podía considerarse milagrosa. Sin embargo, le dijeron, hasta los milagros tenían un límite. Pronto se produciría un tercer ataque y éste sería sin duda el definitivo. No sabían de ningún tratamiento preventivo, pero el reposo y la sobriedad tal vez retrasaran lo inevitable. En todo caso, le recomendaron tomar las disposiciones oportunas. Dadas sus circunstancias familiares, Dubslav no debía tomar ninguna, pero se abstuvo de decírselo a los médicos.

Se sentía bien, como si nada le hubiera sucedido. Decidió no atender las bienintencionadas indicaciones de los médicos y aprovechar el escaso residuo de sus días del modo más apropiado.

Desde el mismo hospital llamó a los estudios de televisión para pedir información sobre el documental emitido la víspera de su trastorno; a fuerza de insistir alguien acabó respondiendo a sus preguntas: en realidad el documental formaba parte de un lote de documentales similares comprados años antes, a muy bajo precio, a una distribuidora extranjera; sin embargo no podían darle el nombre de la distribuidora por razones de ética comercial. Localizar la distribuidora le costó más trabajo, pero no tenía otro quehacer. Finalmente sus pesquisas dieron resultado: se trataba de un reportaje realizado por un equipo inglés en una zona divisoria entre varios países del noroeste de África aprovechando una tregua en una serie ininterrumpida de choques fronterizos, guerras civiles y conflictos tribales. En realidad el equipo de reporteros se había desplazado a la zona con el propósito de filmar los estragos producidos por una de estas contiendas, pero había coincidido con un periodo de tranquilidad insólito y de imprevisible duración. Entonces, para no regresar con las manos vacías, el equipo había realizado un documental de tipo etnológico, aun a sabiendas de su escaso interés lucrativo. Si lo deseaba, la empresa distribuidora podía proporcionarle una copia del documental a portes debidos. Dubslav dio las gracias pero declinó la oferta: no tenía el menor interés en el documental, ni siquiera en las circunstancias reflejadas en el documental. Sólo quería fijar en el mapa el lugar donde había sido rodado y visitarlo. Tampoco a este respecto abrigaba el menor engaño: éste no era un viaje de iniciación, ni esperaba obtener ninguna revelación como recompensa a sus esfuerzos, ni menos aún obtener un atisbo sobre el sentido de su existencia; cuando emprendió el viaje estaba convencido de estar viajando hacia una decepción y se preguntaba si la decepción no era en realidad el objeto último de su búsqueda.

En el Ministerio de Asuntos Exteriores le informaron acerca de la situación en la región: en este momento reinaba una tregua precaria; de todos modos, viajar allí era en extremo desaconsejable. Asolada por décadas de violencia, la región seguía infestada de despojos de antiguos ejércitos en desbandada, movidos por el afán de pillaje o de venganza, y de un número ingente de mercenarios, aventureros, agitadores y simples criminales, verdaderos psicópatas establecidos allí no tanto para medrar como para dar rienda suelta a sus peores instintos en la más completa impunidad, al amparo de la confusión. En caso de peligro, le dijeron, el Ministerio de Asuntos Exteriores no podía comprometerse a brindarle ningún tipo de amparo. Dubslav agradeció la información y el consejo y persistió en su idea.

* * *

Aviones cada vez más desvencijados lo fueron depositando en aeropuertos cada vez más pequeños. Finalmente una avioneta increíblemente vieja (un decrépito caza de hélice, superviviente de la Segunda Guerra Mundial, con el motor recompuesto con elementos heterogéneos procedentes de las máquinas más dispares pero con las ametralladoras conservadas con esmero en perfectas condiciones de uso) aterrizó sobre una pista de tierra batida en mitad de un páramo. El piloto le hizo apearse y despegó de inmediato. Al cabo de un rato vino a buscarle un jeep conducido por un negro harapiento. Dubslav subió al jeep sin decir nada y ambos hicieron en silencio un trayecto considerable hasta llegar a un barracón camuflado en una depresión del terreno para pasar inadvertido a los piratas aéreos. En el interior reinaba una temperatura tan abrasadora como en el exterior, pero dentro el aire era viciado y maloliente. El dueño dijo ser portugués, pero sólo hablaba un francés entrecortado, vacío de sintaxis, rico en juramentos y obscenidades y plagado de expresiones dialectales incomprensibles. Aquél no era un lugar santo, aclaró señalando unos anaqueles polvorientos donde se podían ver, apiladas sin el menor disimulo, armas y municiones, bebidas alcohólicas y una colección de vídeos pornográficos tan nutrida como inusitada en una zona adonde no había llegado ni había de llegar en muchos años la energía eléctrica. No era ciertamente un establecimiento fino, sino un lugar infame, como él mismo, agregó el presunto portugués señalándose a sí mismo con un gesto jactancioso y un punto tímido, como si implorase de su interlocutor la aceptación de aquellas inculpaciones sin más prueba. Dubslav creyó estar en presencia de un hombre bueno, quizá un verdadero santo laico, obligado a fingirse infame para sobrevivir en un mundo verdaderamente infame, donde la infamia de cada uno equilibraba la infamia de los demás. Allí, agregó el presunto portugués, nadie los veía ni los oía, nadie sabía de la presencia de Dubslav en aquel lugar, salvo el piloto de la avioneta, un ser tan infame como él mismo y cómplice de él y de otros muchos en innumerables delitos; nada impedía en efecto al presunto portugués asesinar a Dubslav en aquel mismo instante y enterrarlo en el desierto, donde yacían miles de esqueletos de soldados abandonados por sus compañeros de armas en el tumulto y el pavor de la retirada, comidos por los buitres y luego incesantemente sepultados, exhumados y vueltos a sepultar por las dunas móviles, pero milagrosamente conservados gracias a la sequedad de la atmósfera y a la ausencia perpetua de lluvia. Ni siquiera el más experto detective provisto de los aparatos más modernos de detección podría identificar el cadáver de Dubslav entre aquella muchedumbre de esqueletos, en el supuesto de haber sido enviado allí en busca de Dubslav, cosa improbable: los clientes de aquel barracón infame nunca dejaban atrás a nadie interesado en su desaparición o en su posible paradero. Ni siquiera el más codicioso heredero consideraría rentable enviar allí un detective, y menos aún provisto de los aparatos más modernos de detección, a cavar en las dunas sembradas de esqueletos milagrosamente conservados y empeñados años tras años en entrar y salir incesantemente de sus tumbas, como para recordar a los vivos los horrores de la guerra. Pero Dubslav no debía abrigar ningún temor: él no tenía la menor intención de hacerle daño: no en vano Dubslav había demostrado ser un buen cliente depositando con anterioridad, conforme a lo convenido a través de un turbio intermediario de Roma, el precio total de la mercancía y los servicios en un banco panameño.

Acabado este discurso (de hecho, una versión rústica de la verbosidad del comerciante convencional deseoso de justificar ante el cliente y ante su propia conciencia unos precios desmedidos), el presunto portugués hizo entrega a Dubslav de los pertrechos necesarios para proseguir el viaje. Las provisiones alimenticias consistían en unas latas donde todavía figuraba el nombre de un organismo internacional y la finalidad de su envío: paliar las necesidades apremiantes de los refugiados de la región. También el botiquín de campaña era de dudosa procedencia y todos los medicamentos estaban caducados desde hacía varios años. En cambio no ofrecía duda el origen del vehículo asignado a Dubslav: dos décadas atrás una conocida empresa de bebidas refrescantes había hecho una breve tentativa de organizar una red de distribución en la zona pero pronto comprendió la inutilidad del proyecto y abandonó el campo sin molestarse siquiera en repatriar el material; ahora el presunto portugués le arrendaba una camioneta adaptada a las condiciones adversas del terreno pero todavía decorada con un logotipo de vivos colores, cubierto de polvo pero también preservado milagrosamente. Adentrarse en aquellas tierras ignotas y azarosas anunciando un refresco de frutas no sólo era un acto temerario sino ridículo, pero Dubslav no puso objeción alguna; cargó en la camioneta las vituallas, los neumáticos de recambio y los depósitos adicionales de gasolina, verificó el funcionamiento del motor y se dispuso a partir.

Antes, sin embargo, en vista del buen talante mostrado por Dubslav durante su truculenta perorata, el presunto portugués, adoptando un tono mucho más cordial, casi servil, trató de suministrarle algunos productos de su almacén por si quería comerciar con ellos. Nadie se adentraba desde hacía mucho en la región, le dijo, y el portador de cualquier mercadería sin duda había de encontrar entre los nativos un mercado con escaso poder adquisitivo, pero ávido de novedades y rarezas.

—Siga mi consejo y llévese esto, le dijo con expresión ladina señalando una hilera de botes de plástico descoloridos por la acción del tiempo, es tinte para el cabello. Nada ilusiona tanto a los nativos como teñirse de rubio, precisamente aquí, donde la falta de agua no permite a nadie lavarse la cabeza siquiera una vez al mes. Por supuesto, no son tontos: con la piel como el carbón y las facciones de simio, nadie pretende hacerse pasar por sueco. Simplemente, les gusta, como en nuestros países las joyas y los vestidos caros gustan a las mujeres viejas y feas. Será un símbolo de estatus o llámelo como quiera. Dubslav compró dos docenas de botes y los cargó en el camión: allí sobraba espacio y le convenía estar a bien con el presunto portugués.

Viajó durante tres días por el desierto sin avistar ningún ser viviente salvo unos lagartos enormes, inmóviles, de escamas ocres y mirada opaca, apostados en los vértices de las rocas para ver pasar la camioneta, y unas aves carroñeras en vuelo perpetuo y majestuoso, siempre a la espera de un desenlace aciago y nutritivo. Incapaz de orientarse por las estrellas, debía dormir de noche y conducir bajo un sol de fuego, con la ayuda de la brújula y el mapa. Cada pocos kilómetros debía detenerse y cambiar un neumático, reventado por el calor y las grietas del terreno. Casi ciego, deshidratado, con la piel cuarteada y el entendimiento extraviado, llegó finalmente ante una cruz de término. Era una cruz de piedra, como había visto muchas en los cruces de caminos de España. Le sorprendió grandemente encontrarla allí, pero en cambio no le sorprendió ver al diablo apostado junto al asombroso jalón. Como Dubslav sabía, esta imagen se correspondía con las viejas leyendas sobre la presencia del diablo en las encrucijadas, impedido de entrar en los pueblos por la presencia misma de la cruz y obligado a esperar allí pacientemente la llegada de algún caminante dispuesto a vender su alma. Ahora aquella fantasía infantil se materializaba ante sus ojos con la apariencia de un individuo de edad indefinida, piel bermeja, facciones afiladas, cuernos y rabo.

Dubslav bajó del camión y se dirigió hacia aquella extraña presencia. Cuando estuvieron frente a frente, el diablo, señalando la camioneta y en un francés moroso pero no inseguro, preguntó: *Mirinda est de retour?* Dubslav respondió: *Non, non, je ne suis pas Mirinda, je m'appelle Dubslav et je suis moi-même.* El diablo se limitó a suspirar y exclamó: *Dommage!* A continuación, sin embargo, añadió: *Mais je comprends..., je comprends.* Llevaba atada al cinturón una calabaza de agua y se la ofreció a Dubslav. Éste bebió un sorbo largo. Dentro de la calabaza había un líquido tibio y poco grato al paladar, pero vivificante de todos modos. Cuando hubo bebido, Dubslav volvió a examinar a su interlocutor y se percató de su error: no se trataba del diablo, sino de un hombre pintarrajeado de rojo y tocado con extraños aditamentos. El propio individuo, advirtiendo la curiosidad del recién llegado, se encargó de disipar sus últimas dudas.

Era, en realidad, el hechicero de un poblado cercano. Unas horas antes habían acudido a su choza unos pastorcillos a referirle con gran excitación el hallazgo de un extraño monumento en mitad del desierto, en un lugar bien conocido de los pastores, donde antes no había habido nunca nada. Para aquellos mozalbetes ignorantes y supersticiosos, la súbita erección de un objeto de piedra de grandes dimensiones y, por consiguiente, muy pesado, sólo podía ser obra de los malos espíritus. Por esta razón habían ido en busca del hechicero. Éste se mostró escéptico, pero no eludió su responsabilidad y se dirigió al lugar indicado a verificar el suceso con sus propios ojos. Antes, sin embargo, por razones rituales y, en el fondo, de prestigio personal, se embadurnó de pintura y se colocó unos amuletos supuestamente protectores, si bien él mismo los calificaba de «payasiles». Ahora llevaba varias horas instalado allí, tratando de dilucidar el origen de aquel tótem, sin duda cristiano, cuyo origen no presentaba a sus ojos misterio alguno. En su opinión, el tótem había sido erigido varios siglos atrás, tal vez en tiempos de las cruzadas, abandonado luego y de inmediato sepultado por la arena del desierto. Ahora, por un capricho de los vientos, las dunas se habían desplazado dejando el tótem al descubierto. Ésta había sido su conclusión inicial. Luego, sin embargo, la repentina aparición de Dubslav y su camioneta de reparto le habían hecho dudar y por un momento había llegado a pensar si no se encontraría efectivamente ante un fenómeno de orden sobrenatural.

Dubslav le tranquilizó al respecto: no había nada sobrenatural ni en su persona ni en su estrafalario vehículo. Sólo era un viajero perdido en el desierto y medio muerto a causa de la deshidratación.

A instancias del hechicero, fueron ambos al poblado de este último, donde la llegada de la camioneta despertó un alborozo seguido del consiguiente desengaño. Estas emociones relegaron al olvido la aparición de la cruz de término y, en consecuencia, el meritorio trabajo del hechicero, por el cual, según pudo apreciar Dubslav casi de inmediato, la gente no sentía mucho respeto.

Tampoco manifestaban al respecto irreverencia ni descaro. Simplemente, todo parecía traerles sin cuidado.

No era para menos. En aquel lugar devastado, arruinado y desierto la tierra amarilla quemaba tanto como los rayos del sol. El viento y la arena habían horadado las rocas. En el poblado las casas eran de adobe, exiguas, sucias y endebles; si sobre ellas hubiera caído un simple chaparrón las habría disuelto. Tal vez, se dijo Dubslav, el diluvio universal fue sólo un chaparrón en un lugar similar a éste; tal vez aquí mismo se originó la historia de la raza maldita, pero con un desenlace distinto; tal vez en fin de cuentas la raza maldita consiguió sobrevivir para seguir pecando. Ahora, ignorantes del pasado, desinteresados por el presente y sin esperar nada del futuro, estas gentes habitaban el lugar con apatía. No había allí razón alguna para seguir viviendo, pero lo hacían, no por perseverancia, sino por embrutecimiento. Desde luego, no amaban su tierra, ni tenían motivos para amarla. Tampoco la respetaban: sin el menor reparo arrojaban basura ante la puerta de sus casas, en las intersecciones de las tortuosas callejas del poblado; los animales muertos se pudrían al sol, despanzurrados por las aves carroñeras y cubiertos de moscas y gusanos. El hedor era insoportable. Los hombres se orinaban encima de los bebés para preservarlos de los merodeadores: *Les chacals n'aiment pas les enfants pisseux*, explicó el hechicero a Dubslav.

Pasado el primer momento de curiosidad, motivado especialmente por la camioneta, los habitantes del poblado acogieron la presencia de Dubslav entre ellos con una naturalidad rayana en el desdén. Sin embargo su actitud no provenía de un sentimiento de desprecio hacia aquel extranjero extraviado y desvalido: incapaces de verse a sí mismos, no encontraban en el recién llegado nada digno de ser notado, nada elogioso ni censurable. Dubslav agradeció esta actitud y se adaptó sin esfuerzo a la situación.

Con una repugnancia mitigada por el apetito consumió unos horribles comistrajos en los pucheros comunes, y bebió el agua sucia, cenagosa, infestada de gusarapos, proveniente de unas pozas profundas, hediondas, malsanas; luego trataba de llenar las horas deambulando por el poblado, olisqueado por perros y acosado por cabras sin dueño. Al llegar la noche dormía en la camioneta.

Inicialmente, para no subsistir a costa de aquella gente, de una hospitalidad hosca pero en realidad extraordinariamente generosa habida cuenta de la penuria reinante, Dubslav trató de canjear por comida los tintes capilares adquiridos por indicación del comerciante portugués, pero nadie mostró por ellos el menor interés. La mayoría no parecía conocer el producto y los otros, al advertir su naturaleza, se mostraban ofendidos. Dubslav acabó por admitir el engaño del portugués y guardó los botes de tinte en la camioneta, de donde desaparecieron todos al cabo de muy poco. Más tarde Dubslav vio con divertido asombro cómo la ensortijada pelambrera de algunos hombres adquiría una sospechosa tonalidad rosácea. Esta experiencia disipó sus escrúpulos. Al hechicero, convertido primero en su valedor y luego, de modo espontáneo, también en su mentor, Dubslav le regaló un bolígrafo inservible (el calor había derretido la tinta) pero muy apreciado en toda la región.

Durante los primeros días (nunca llegó a saber cuántos, pues él había perdido durante el viaje el cómputo del tiempo y allí no existían ni el reloj ni el calendario y todas las horas eran iguales en su invariable y aniquiladora vaciedad), Dubslav se preguntaba a menudo si por casualidad aquel poblado sería el mismo poblado entrevisto en la pantalla de la televisión del hotel de la Costa Brava la víspera de su accidente. Pero pronto dejó de atormentarse con una incógnita imposible de despejar. Su recuerdo del reportaje era insignificante y entre la gente del poblado, debidamente interrogada por mediación del hechicero, nadie, ni siquiera el propio hechicero, recordaba la filmación de un reportaje. Esto último, por otra parte, no era indicio de nada: adaptado a la vida rutinaria del poblado, Dubslav podía imaginar perfectamente tanto el alboroto causado por la aparición de un equipo de reporteros como su inmediato olvido. Aquella gente sin futuro y casi sin presente no veía utilidad alguna en conservar el pasado.

Menos interés sin duda habría tenido para ellos bucear en sus orígenes. Nadie tenía la menor idea (ni el menor deseo de tenerla) acerca de los orígenes del poblado, de la razón de ser de aquel asentamiento inviable en un paraje absurdo. Al principio de la estancia de Dubslav en el poblado, el hechicero había intentado (tímidamente, sin insistencia, casi con desgana) venderle algunos objetos de supuesto valor artístico o arqueológico. A ojos vistas se trataba de falsificaciones burdas, viejas, roñosas y desencoladas, pero Dubslav se apresuró a trocar aquellas baratijas por un número equivalente de adminículos de su propiedad, igualmente carentes de utilidad y, por supuesto, de valor de cambio, pues las pertenencias de Dubslav, incluido el motor y el chasis de la camioneta, eran sometidos a un saqueo sistemático y apenas disimulado. De aquellas baratijas adquiridas al hechicero pensaba Dubslav extraer alguna enseñanza. Seguramente, se decía, el poblado había sido en algún momento de la Historia un puesto avanzado de un antiguo reino, jalón, refugio o puesto de avituallamiento en una inmensa ruta comercial, y las baratijas del hechicero otros tantos recuerdos de olvidadas mercaderías. Luego, sucesivas guerras o una sola guerra con breves periodos de estancamiento habían asolado la región y todas las regiones colindantes. Esto, al menos, había oído contar Dubslav durante las últimas etapas de su viaje, conforme se iba adentrando en tierras cada vez más áridas y devastadas. En aquellas latitudes la guerra había sido y seguía siendo para algunos grupos un fin en sí mismo y, por supuesto, la única ocupación y el único destino imaginables, a diferencia de Europa, donde la guerra siempre había sido considerada un hecho anómalo, a pesar de su frecuencia e intensidad. De resultas de esta concepción, ciertamente reñida con la lógica, al término de cualquier guerra entre países europeos, los contendientes de ambos bandos aunaban sus esfuerzos para restablecer cuanto antes la normalidad alterada, y era habitual ver al vencedor ayudar con verdadero desprendimiento al vencido a borrar las huellas de la derrota infligida poco antes y con gran saña por su actual benefactor. Este mecanismo había permitido a los mismos países repetir las mismas guerras en los mismos territorios y en intervalos muy cortos. Allí, en cambio, la guerra sólo perseguía la destrucción del contrario y cualquier guerrero habría juzgado una insensatez el coadyuvar a la recuperación de la economía e incluso del armamento del vencido. En aquella región, para el vencedor, el vencido había dejado sencillamente de existir, y esta noción era compartida con igual firmeza por el propio vencido.

* * *

Finalmente una mañana Dubslav fue arrancado de su sueño por una resonancia constante y destemplada y reconoció en ella el eco de su pasada alucinación. Ahora su viaje y su paciencia se verían recompensados, pensó con inquietud: temía sobre todas las cosas enfrentarse a una realidad cuya trivialidad podía prever fácilmente. Pero como tampoco podía eludirla, salió de la camioneta y se dirigió al lugar de donde procedía la salmodia. Así llegó a la plaza central del poblado, en realidad un solar irregular relativamente exento de la acumulación habitual de inmundicias. En la plaza no había nadie. Los músicos permanecían ocultos o, simplemente, se habían resguardado del calor en algún lugar sombreado, probablemente en el interior de una choza. La tierra reverberaba bajo el sol y el cuerpo de Dubslav no proyectaba sombra en el polvo gris y duro de la plaza.

Desconcertado, regresó a la camioneta. A lo largo del día acudió a la plaza a intervalos cada vez más cortos, siempre con idéntico resultado. Finalmente, al caer la tarde, la población se fue congregando con lentitud y apatía y los músicos se dejaron ver. Eran cuatro personajes enteramente tapados por una tela oscura, como si trataran de no ser vistos, al menos, simbólicamente, en el desempeño de sus funciones, consistentes en golpear con unos palos de hueso forrado de piel unas tinajas altas y gruesas, cerradas por un parche tenso. De acuerdo con la peculiar idiosincrasia de la gente, nadie hacía caso de los músicos, como si, además de asumir su pretendida invisibilidad, no oyeran la salmodia.

Deambulando entre la gente, Dubslav se topó con el hechicero. Lo llevó a un confín de la plaza, donde pudieran hablar sin llamar la atención, y le preguntó si estaba asistiendo a una fiesta o a una ceremonia religiosa. El hechicero se mostró dubitativo: no sabía si aquello podía calificarse de fiesta. En aquel lugar y en los tiempos presentes no había razón alguna para festejar nada. Pero tampoco se trataba de un acto religioso. Sin embargo, y a la vista de la ansiedad de su interlocutor, acabó por calificar el acto de simple *événement*. Y añadió: *Et un très fameux événement, bien sûr!* Dubslav le preguntó entonces cuándo iba a empezar el *événement* y el hechicero respondió con un encogimiento de hombros. En realidad, dijo, había empezado hacía horas, desde los primeros compases de la salmodia. *Ah, mais je m'attendais à quelque chose de différent!*, exclamó Dubslav. *Différent?*, exclamó a su vez el hechicero, *voulez-vous dire plus rigolo?* Dubslav temió haber herido los sentimientos del hechicero, pero éste no parecía ofendido, sino perplejo. Obviamente, la ceremonia, fuera cual fuese su naturaleza, no había sido concebida, ni ahora se desarrollaba, para divertir a los forasteros y mucho menos para aclarar sus dudas o para iluminar sus vidas erráticas. Todo cuanto allí ocurría, incluso lo más excepcional y exótico, carecía de valor metafórico. De todos modos, añadió el hechicero mientras trataba de liar un cigarrillo de hierbajos con sus dedos artríticos, nada le impedía sumarse al baile, si tal era su deseo.

En efecto, algunos de los hombres concentrados en la plaza habían empezado a moverse al compás de la invariable pero incesante salmodia. Poco a poco se fueron acallando las conversaciones y las mujeres se fueron retirando del centro de la plaza, hasta formar una circunferencia en torno a los bailarines. Ya era de noche, pero la luna llena iluminaba el poblado. Ahora Dubslav ya no dudaba de estar presenciando lo ya visto en la televisión. Sin embargo, en directo y en su genuino contexto, la danza no revestía el menor interés. Los movimientos parecían responder a un ritual pero carecían de toda gracia; ejecutarlos no requería destreza y evidentemente no producía ningún placer; menudeaban en cambio los empujones, pisotones y codazos; el hacinamiento, la concentración de olores corporales y el polvo hacían el aire asfixiante: si para la población esto era un baile (y Dubslav recordaba haberlo visto presentado como tal en la televisión y luego haberlo soñado así durante su letargo), los bailarines se entregaban a él con la desidia propia de un quehacer doméstico enojoso pero ineludible. Sin embargo, se decía Dubslav, esto por fuerza había de tener una significación para esta gente, de lo contrario, no lo harían. Tal vez significa para ellos una forma insustancial pero suficiente de rellenar un vacío, se dijo Dubslav, como lo fue para mí: sin este sueño los días de inconsciencia en el hospital no habrían tenido medida; y del mismo modo no tendría medida para ellos una eternidad dedicada a la mera supervivencia, sin sentido y sin alivio. Sin duda el hechicero tenía razón, se dijo Dubslav, aquel baile no era ritual ni festivo, pues con él no pretendían dar satisfacción ni a los dioses ni a sí mismos, tal vez ni siquiera marcar físicamente el paso intangible e infructuoso de las estaciones. Si a alguna conclusión puedo llegar, se dijo Dubslav, es ésta: me estoy aburriendo horrorosamente, pero si por una contingencia impensable me viera obligado a permanecer aquí el resto de mi vida, yo también participaría en esta ceremonia.

Ahora, no obstante, se mantenía separado del grupo, en una de las callejas laterales, rodeado de perros y cabras malolientes, como único espectador, sin dar muestras de extrañeza y tratando de ocultar las del tedio. El baile se prolongó durante varias horas, a la luz de las estrellas; no hubo variación, salvo en el tamaño de la nube de polvo levantada por los pies de la gente al golpear la tierra seca de la plaza. Finalmente se fueron yendo uno tras otro a sus casas; cuando todavía quedaba en la plaza un tercio de los danzantes, los timbales dejaron de sonar sin aviso ni causa aparente y el acto se dio por terminado.

A la mañana siguiente el médico noruego, a su paso por el poblado, entregó a Dubslav el telegrama del Ministerio de Asuntos Exteriores con la noticia de la muerte de su madre y de la concesión a ésta del Premio Europeo a la Realización Científica por sus descubrimientos en el campo de la oftalmología.

Reparó como supo la maltrecha camioneta y abandonó aquella misma tarde el poblado ante la indiferencia general, sin pena ni nostalgia por su parte. Nunca volvería a ver aquel lugar, donde no había sido feliz ni desgraciado (las incomodidades físicas se olvidan en cuanto cesan) y donde, en una clara anticipación de futuros recuerdos, había realizado un trabajo de resultados inciertos, pero sin duda necesario. Sólo se despidió del hechicero. Éste, por su parte, lo vio partir con la naturalidad de quien ha previsto un suceso y a fuerza de saberlo inevitable acaba por juzgarlo conveniente. Comprendo y comparto los motivos de su precipitada marcha, le dijo a Dubslav, sin embargo, y dado el motivo de su viaje, se va precisamente cuando la fiesta está a punto de comenzar. ¿La fiesta?, exclamó Dubslav, pero la fiesta ¿no fue ayer? Oh, no, repuso el hechicero, ayer fue sólo el principio. Lo bueno viene hoy, esta noche, y tal vez mañana.

Al salir del poblado Dubslav vio de reojo un grupo de mujeres jóvenes afanarse en torno a una gran olla humeante. Dubslav recordó los dibujos de su infancia, el reiterado chiste de los caníbales y el misionero en una perola. Por supuesto, este recuerdo no guardaba ninguna relación con la fiesta de la víspera, ni con la olla gigante entrevista por la ventanilla de la camioneta en la última revuelta del camino, antes de perder de vista el poblado para siempre.

* * *

Ahora Dubslav reflexionaba en las largas horas de vuelo (los percances del regreso no le habían dejado tiempo de pensar), sin prestar atención a las miradas de repulsa y desagrado de los demás pasajeros, más intensas conforme iba cambiando de avión en un recorrido inverso al del viaje de ida, a la vista de su atuendo cochambroso y su incuestionable suciedad personal. De esta guisa llegó a Bruselas a primera hora de la tarde del día señalado para la concesión del Premio Europeo a la Realización Científica concedido a su madre y no a él, como trataba de explicar Dubslav en el vestíbulo del aeropuerto a una representante del Jurado: estaba aquí para recoger el Premio Europeo a la Realización Científica en nombre de su difunta madre, no en nombre propio, le dijo con insistencia atolondrada. Sin embargo, la representante del Jurado (una mujer de aspecto inteligente y cordial, pero ajena a todo cuanto no fuese la expresión más convincente de su propia turbación) no le prestaba atención alguna: sólo parecía preocuparle el poco tiempo disponible y el aspecto lamentable de Dubslav. Finalmente Dubslav optó por aplazar la justificación de su presencia en Bruselas y limitarse a justificar por el momento su aspecto con la palabra *Archéologie*, acompañada del gesto ilustrativo de vaciar en el suelo del aeropuerto la arena acumulada en el fondillo de los pantalones.

—*Ah... l'archéologie c'est bien, c'est très bien. Mais le smoking...*, dijo la representante del Jurado. Por supuesto Dubslav no llevaba consigo un smoking ni disponía de tiempo para procurarse uno de alquiler. A lo sumo, en las horas previas a la entrega del premio (una gala en el salón de congresos del propio hotel, presidida por Su Majestad el Rey o por Su Majestad la Reina, y en cualquier caso retransmitida por Eurovisión a todos los países, según la representante del Jurado), podía dar su ropa a planchar al servicio del hotel, pero no a lavar. En el hall del hotel lo esperaban varios miembros del Jurado del Premio Europeo a la Realización Científica; también a ellos trató de explicar Dubslav la razón de su viaje; tal vez esta misma razón, de ser atendida y comprendida por los miembros del Jurado, habría hecho innecesaria su aparición en el estrado, frente a las cámaras de Eurovisión, con semejante facha, pensaba Dubslav; no veía motivo alguno para saludar personalmente a Su Majestad el Rey vistiendo un pantalón corto y deshilachado, unas botas destrozadas y una camisa hecha jirones y apestando a cabra. Pero, como había ocurrido con la representante del Jurado poco antes en el aeropuerto, los miembros del Jurado tampoco le escuchaban: su ofuscación ante el escándalo les impedía parar mientes en la solución propuesta por el propio Dubslav. Finalmente le dijeron: *Allez, allez vous baigner.*

Dubslav subió a su habitación y se bañó. Entonces le asaltó por primera vez la imagen real de su madre. Ella había sido para Dubslav una persona lejana y enigmática, pero también el único objeto posible de todos sus afectos; a partir de ahora la vida de Dubslav había de ser por fuerza solitaria y estéril. Sus sollozos incontrolables agitaban el agua de la bañera. Hubo de recurrir a una ducha fría para recobrar la compostura. Luego, angustiado ante la perspectiva de permanecer encerrado las dos horas restantes en aquella habitación, se volvió a poner sus prendas nauseabundas y se echó a la calle.

Hacía frío y viento y lloviznaba. Habituado desde hacía varias semanas al clima seco y ardiente del desierto, esta acometida de la destemplanza provocó en Dubslav agotamiento y desasosiego instantáneos. Conocía la ciudad de visitas anteriores y sin objetivo alguno se dejó llevar por sus pasos a la Grande Place. Allí quedaban todavía algunos turistas porfiados: bajo los paraguas iban siguiendo el recorrido marcado en sus guías y miraban de soslayo a Dubslav, recelosos de su aspecto y su actitud. Dubslav no reparaba en ellos: se colocó en el centro de la Grande Place y se dejó empapar por la lluvia pacientemente, como si hubiera acudido a una cita inaplazable; sus prendas mojadas emanaban un vapor blanquecino resplandeciente por efecto de los reflectores.

Regresó al hotel cuando sólo faltaba un cuarto de hora para el inicio de la ceremonia. El equipo de televisión ya estaba recogiendo las imágenes previas al acto (los invitados entrando por la puerta del salón de congresos y desparramándose por el patio de butacas), la policía ocupaba lugares estratégicos a la espera de la llegada inminente de Su Majestad el Rey, y los miembros del Jurado recorrían el hall del hotel con vivas muestras de nerviosismo y de enojo. Le increparon y le preguntaron cómo había conseguido salir del hotel burlando toda vigilancia y cómo había logrado volver a entrar en un hotel ocupado por la policía con aquella facha lamentable.

—¿Ha reparado usted en la hora?, le dijeron. Esto puede causarnos un perjuicio incalculable en términos morales y materiales; es bien conocida la costumbre de los telespectadores de cambiar de canal en cuanto un programa deja de captar su atención siquiera unos segundos.

—No se inquieten, respondió Dubslav, en cinco minutos me seco y estoy con ustedes. De todas formas, agregó, como sin duda habrá varios discursos protocolarios antes de la entrega del Premio Europeo a la Realización Científica, aun cuando me retrasara, nadie lo notaría.

Su serenidad tranquilizó o desconcertó aún más a los miembros del Jurado: le dejaron ir conminándole a darse prisa y luego se fueron a saludar a las autoridades y a ocupar sus asientos.

Dubslav se llevó una sorpresa al entrar en la habitación: sobre la cama había una camisa blanca almidonada, con pechera, cuello y puños de celuloide y botonadura de nácar, un smoking, lazo y faja, zapatos de charol y calcetines de seda. Probablemente los miembros del Jurado o la propia gerencia del hotel habían dado con la manera más sencilla de proveerle del atuendo apropiado, se dijo Dubslav. En el fondo la solución siempre había estado al alcance de su mano y del modo más sencillo: utilizar el vestuario de algún camarero del hotel de talla similar a la de Dubslav.

Se afeitó, se lavó y se vistió pausadamente. La ropa era de excelente calidad y corte, pero no reparó en ello; sólo al final, asombrado ante su propia imagen en el espejo, abrigó alguna duda sobre la procedencia de aquella indumentaria sin duda impropia de un camarero, incluso de un camarero de hotel de lujo. Recordaba la fábula de la Cenicienta cuando reparó en un volante de color verde pálido prendido de la manga por un alfiler: era el comprobante (y la cuenta) del servicio de tintorería del hotel y llevaba la firma de un cliente distinto de Dubslav. En realidad, esta indumentaria de gala pertenecía al ocupante de la habitación contigua y había sido dejada en la de Dubslav por error.

Dubslav salió al pasillo con la intención de aclarar la confusión con su vecino de habitación y de paso preguntarle si no necesitaba el smoking y sus complementos en los próximos minutos, y si verdaderamente no los necesitaba, le pediría prestadas las prendas, comprometiéndose a devolvérselas a la mayor brevedad, tan pronto el servicio de tintorería del hotel las hubiera limpiado y planchado de nuevo con cargo, por supuesto, a la cuenta de Dubslav. Pero cuando golpeó con los nudillos la puerta de la habitación contigua, abrió un individuo rudo y mal afeitado, enfundado en una gabardina, y le mostró una placa de policía. En aquel mismo instante sonaban en el hall del hotel los airosos compases del himno nacional anunciando la entrada de Su Majestad el Rey. Alarmado por esta coincidencia, como si en ella hubiera indicios de peligrosidad, el policía conminó a Dubslav a entrar de inmediato en la habitación y a identificarse. En la habitación había varias personas: un médico, un fotógrafo adscrito al cuerpo de policía y dos empleados del hotel, dedicados a examinar el cuerpo de un hombre tendido sobre la cama en camiseta y calzoncillos. *Il a avalé sa chique*, dijo el inspector con rudeza. A las preguntas del inspector acerca de su presencia en la habitación, respondió Dubslav refiriéndole la extraña historia del smoking. El inspector se mostró incrédulo. Por fortuna, en el rincón de la habitación opuesto a la cama, hundida en un sillón, lloraba una camarera uniformada con el rostro oculto entre las manos. Era, según supo luego Dubslav, la encargada del servicio de lavandería y tintorería del hotel y por consiguiente la causante de la confusión en la distribución de la ropa y también la causante involuntaria del fallecimiento del ocupante de la habitación, o al menos eso creía ella misma por una razón absurda a los ojos de todos, pero no a los suyos: un rato antes había efectuado el reparto de la ropa proveniente de la lavandería y tintorería del hotel, donde trabajaba desde hacía poco más de dos meses. Procedía de un país árabe y todavía tenía dificultades a la hora de descifrar algunos números, como el tres, el seis y el ocho, sobre todo si estaban escritos a mano. Por esta causa había dejado en la habitación de Dubslav la ropa de su vecino, ahora difunto. De no haber cometido esta falta leve, pensaba ella, de haber llamado a la habitación donde ahora estaban, y de haber entrado con la llave maestra al no recibir respuesta, como había hecho en la habitación de Dubslav, seguramente habría sorprendido a su ocupante en el momento de sufrir el ataque y habría podido dar la voz de alarma y salvar su vida. Ahora se sentía responsable de su muerte y temía por su trabajo e incluso por su permiso de residencia en el país.

El inspector dio por buena esta explicación y por demostrada la inocencia de Dubslav. Éste, a su vez, se interesó por la identidad del difunto. Se trataba de un súbdito italiano de nombre Ettore Tamborrini o Tamburrini, catedrático de la Universidad de Bolonia, de donde había llegado este mismo día precisamente para recoger el Premio Europeo a la Realización Científica por sus investigaciones en el campo de la semántica. Estas investigaciones, en definitiva, de bien poco le habían servido, pues había fallecido pocos minutos antes de recibir el galardón, como hizo notar el inspector de policía con su habitual acidez. Con dos premiados muertos, el premio se le antojaba muy poco deseable.

En este momento irrumpió en la habitación un miembro del Jurado; la ceremonia había comenzado y el Jurado estaba sumamente intranquilo por la ausencia inexplicable de dos de los premiados, el profesor Tamborrini y el propio Dubslav. En pocas palabras el inspector le puso al corriente de lo ocurrido, dejándolo aún más consternado.

Dubslav trató de calmar los ánimos alterados de aquel hombre con la siguiente reflexión: había ocurrido en efecto un hecho triste, luctuoso, pero no delictivo, ni siquiera reprobable; sobre lo ocurrido nadie, y menos aún el Jurado, tenía potestad alguna. Ahora lo importante era decidir si la ceremonia de la entrega de premios debía proseguir o ser interrumpida por esta causa. Interrumpirla anunciando lo ocurrido, prosiguió diciendo Dubslav, sería en la práctica un acto de sensacionalismo por la presencia de las cámaras de Eurovisión, y tal vez un acto de verdadera irresponsabilidad política por el hecho de comprometer a Su Majestad el Rey, frente a las cámaras de televisión, en la muerte repentina (y misteriosa hasta tanto la autopsia no determinase sus causas reales) de uno de los premiados, pocos minutos antes de recibir el galardón. Mucho mejor sería decir: el profesor Tamborrini está indispuesto, o el profesor Tamborrini no puede estar ahora con nosotros por motivos de salud.

Estos argumentos convencieron al miembro del Jurado. Sería una pequeña mentira, en efecto, admitió, y ciertamente no tenían derecho a convertir el festejo en un acto funerario, por respeto a Su Majestad el Rey y al público asistente y a la dignidad y prestigio del premio, así como por consideración a los telespectadores y patrocinadores del acto y a los propios miembros del Jurado.

Pese a todo, el miembro del Jurado no podía ocultar su turbación. Dubslav, en cambio, por primera vez desde hacía muchos años, quizá por primera vez en toda su vida, se sentía tranquilo y seguro de sí cuando le llevaron de la mano por un corredor en penumbra hasta la parte posterior del estrado, detrás del cortinaje. Allí habían colocado unas sillas de tijera para los galardonados mientras esperaban ser llamados al estrado. En el suelo había un amasijo de cables. Hicieron sentar a Dubslav en una silla reservada para él, junto a la silla vacía destinada al profesor Tamborrini, y le conminaron a guardar silencio y a no tocar los cables del suelo. Cuando le llegara el turno de salir al estrado, ya le avisarían. Dubslav hizo un signo de asentimiento y se sentó. Al otro lado del cortinaje se sucedían los discursos, pero Dubslav no los escuchaba; tampoco preparaba el suyo: tenía las ideas claras y no veía dificultad alguna en exponerlas. Llegado el momento, le hicieron señas imperiosas. Siguiendo instrucciones, salió de la zona oscura, detrás del cortinaje, y subió unos escalones de madera. Al acabar de subir estos escalones se encontró en un extremo del estrado, oyó el nombre de su madre y avanzó hacia el centro. Su aparición fue recibida con una ovación y murmullos de extrañeza al ver a la doctora convertida en un hombre joven.

El resplandor de los reflectores lo deslumbró y se detuvo en seco. Cuando sus ojos se acostumbraron a la intensidad de la luz distinguió a contraluz la figura de un hombre corpulento, vestido con un elegante uniforme, un traje de ceremonia adornado de insignias, alamares y entorchados. Nunca había visto antes a aquel individuo imponente, sin duda el Rey, pero en su presencia, lejos de sentirse amedrentado, se sintió tranquilo, alegre y agradecido. Era consciente de su buena planta y el corte impecable del smoking le confería la necesaria seguridad. El Rey le tendió una mano y le cedió el micrófono.

Dubslav carraspeó y dijo: «Majestad, excelentísimos miembros del Jurado, distinguido público, quiero ante todo expresar mi agradecimiento por haberme sido otorgado este Premio Europeo a la Realización Científica por mis investigaciones en el campo de la oftalmología. En estas ocasiones suele decirse: por haberme sido otorgado inmerecidamente este magnífico premio. Yo no lo diré. En primer lugar, este premio no es magnífico. En realidad es una ridiculez. Todos los premios lo son, pero seguramente éste se lleva la palma. Y en mi caso tampoco es un premio inmerecido. Yo no soy un experto en oftalmología; no sé nada de oftalmología, ni siquiera soy médico. Por este motivo, llevándome el premio no hago mal a nadie: en definitiva el premio consiste en una estatua horrorosa y una cierta publicidad. Esta publicidad a mí de nada me va a servir. La verdadera destinataria del premio investigó realmente en el campo de la oftalmología, pero ya no lo volverá hacer, ni se beneficiará de la publicidad, ni verá la estatua. Pero no se asusten: no soy un impostor. Como hijo único y heredero universal de la ganadora, tengo pleno derecho al premio. En consecuencia, me llevaré la estatua y si además de la estatua el premio lleva aparejada una dotación económica, también me la llevaré. Tal vez la entregue a un centro de investigación oftalmológica o tal vez la destine a otros fines; obraré según me plazca y no daré explicaciones a nadie. Si me gasto el dinero en cosas horribles, tanto mejor.

»En cuanto a mí, poco puedo decirles. Soy un hombre absurdo. Fui concebido de un modo absurdo y criado de un modo absurdo y toda mi vida ha consistido en un desarrollar y perfeccionar este absurdo. Sin saberlo, me estaba preparando para esta ceremonia. Vean, ni siquiera el smoking es mío. Un hombre ha muerto para poder prestármelo. Ahora él debería llevar puesto el smoking y yo debería estar aquí, ante todos ustedes, cubierto de harapos pestilentes. Pero esto habría hecho mi presencia ejemplar, por no decir simbólica. Tal vez por esto el destino ha preferido hacer llegar a mis manos este smoking. En realidad los harapos tampoco son mi indumentaria habitual: no soy un anacoreta. Sólo soy un viajero, un excursionista. Los viajes no instruyen, pero dañan mucho la ropa. De todas formas, el smoking es mejor.

»Me he pasado la vida hablando solo y me explico mal. Cuando trato de teorizar voy de lo trivial a lo confuso. Seguramente mi bagaje intelectual se compone de estas dos variedades del saber. Pero hace un tiempo, en

Berlín, caminando una noche por un parque solitario, recibí un aviso. Fue el primer aviso y no lo supe captar. El segundo me llegó hace poco, en una playa de la Costa Brava. Éste lo capté, pero lo interpreté mal. Finalmente esta tarde, primero en la Grande Place y luego en la habitación del difunto profesor Tamborrini, he comprendido la razón de mi viaje, el sentido de mi búsqueda y la justificación de este error. No esperen ustedes ningún mensaje; no lo hay o, al menos, yo no lo conozco. He mencionado el sentido de mi vida, pero un sentido no es un mensaje y yo no soy un visionario: sólo un hombre convencido de su propia absurdidad. Soy absurdo por haber vivido sin propósito, pero tampoco he tenido alternativa. Todos nuestros afanes son absurdos. La riqueza sólo trae consigo un falso confort y en realidad el embrutecimiento del rico y la animosidad de los demás, incluso de los amigos. Hace un rato, en la Grande Place, he sido socorrido por un grupo de turistas; tal vez de no haber ido hecho un zarrapastroso, de haber llevado este smoking y esta pechera con botonadura de nácar, me habrían dejado tirado sobre los adoquines, habrían pensado: un rico tumbado en el suelo por fuerza ha de ser un individuo degradado, una víctima del desenfreno. Sin embargo, la pobreza es aún más embrutecedora, no granjea simpatía, a lo sumo conmiseración; y entre ambas no hay término medio, salvo la zozobra.

»Este galardón es una muestra de éxito, y el afán de éxito es descabellado. Antes de ser alcanzado, el éxito no existe, sólo es motivo de ansiedad; pero cuando llega es peor: después de obtenido, la vida no se detiene y el éxito la ensombrece; nadie puede repetir constantemente el éxito y al cabo de muy poco el éxito se convierte en una pesada carga; se necesita de nuevo, constantemente, pero ahora a sabiendas de su inutilidad.

»Sin embargo, de todos estos afanes, el peor es el afán por alcanzar la sabiduría. El ideal de la sabiduría es tan irracional como el ideal de la riqueza o el del éxito, y aún más ilusorio. Nunca lo perseguí, pero confieso haberlo tenido siempre presente, ante mis ojos, como un faro lejano. Demasiado tarde he comprendido la vanidad de este sueño. Demasiado tarde he visto claramente el valor de la ignorancia. No una ignorancia cerril, fundada en la hostilidad a lo desconocido, sino una ignorancia consentida: benigna y disciplinada. No se trata de rechazar el conocimiento, sino de aceptar nuestro esfuerzo por adquirirlo como una tarea tan conveniente como infructuosa, de no violentar las causas de lo incomprensible, de vivir y morir sin preguntar ni preguntarse la razón de lo uno ni de lo otro.

»Todos sabemos de nuestra condición mortal, pero la incertidumbre de este hecho nos permite vivir sin la carga de la fatalidad. Sólo a mí, sin merecimiento ni culpa, por puro azar, me ha sido concedida la posibilidad de ocupar un punto intermedio, de vislumbrar, si me permiten recurrir a una imagen trillada, las dos orillas de un mismo río, allí donde la fuerza de la corriente es mayor. Para poder llegar a esta certidumbre he sido preservado de la extinción varias veces. Ahora, una vez transmitida a ustedes, nada justifica una nueva prórroga.

»No sé si nada de todo esto les incumbe. Ustedes son personas útiles, capaces de mantener el mundo en un estado ficticio pero eficiente de cohesión y de progreso gracias a su infinita capacidad de corromper y de dejarse corromper y de creer en el valor de lo fútil. No lo digo como un reproche ni como una alabanza. Comparados con el resto de las personas, no son ustedes mejores ni peores, sólo más evolucionados, gracias al progreso científico y filosófico de nuestra civilización ficticia. Nuestro abandono de las formas de vida primitivas y nuestro empeño por avanzar por la senda del progreso ficticio no nos ha conducido a un estado mejor, pero tampoco peor. El estado de primitivismo ya lleva aparejado el mismo nivel de engaño: es imposible comprender el sentido de las cosas y también es imposible vivir en la indiferencia: de ahí el engaño. Aquí mismo, en este mismo momento, todos nos engañamos a sabiendas, como se engañan los pueblos más salvajes cuando ejecutan unas danzas tribales igual de tediosas y desatinadas. No es éste nuestro pecado. En realidad no existe ningún pecado, salvo la altivez. Somos una especie brutal y altiva, pero la altivez es lo peor; sólo por culpa de la altivez perseguimos ideales inalcanzables en lugar de esforzarnos por reducir nuestra ininterrumpida brutalidad. Pero esto no es a mí a quien incumbe decirlo.»

Dubslav interrumpió en este punto su discurso y miró al público. Los reflectores sobre el estrado hacían difícil distinguir las expresiones de los asistentes; sólo pudo constatar lo habitual en este tipo de ceremonias: muchos dormitaban (no así Su Majestad el Rey, habituado desde la infancia a sobrellevar el lánguido ritmo de la etiqueta en aparente estado de vigilia); sin embargo, según le pareció advertir, todos los asistentes, despiertos, dormidos o simplemente alelados, hacían ademanes aprobatorios: unos asintiendo con la cabeza; otros levantando ligeramente el cuerpo, como si desearan poner de manifiesto su identidad y el hecho de estar presentes en esta solemne ocasión. De este modo corroboraban el discurso de Dubslav. Dubslav, sin embargo, no se dejó engañar por las apariencias: en realidad nadie se movía; sólo de nuevo, como en ocasiones anteriores, se le enturbiaba la visión y este síntoma se traducía en el ficticio cimbrearse y oscilar de las formas. Dubslav sintió luego ablandarse el suelo bajo sus zapatos de charol. Trató de concluir su intervención ante las cámaras con una frase cortés pero no logró articular ningún sonido. Mientras sonaban los aplausos de la concurrencia, los reflectores se apagaron y ya no sintió nada más.

EL MALENTENDIDO

Nacido en el seno de lo que más tarde se denominaría una familia desestructurada, Antolín Cabrales Pellejero, alias Poca Chicha, se escapó de unos colegios y fue expulsado de otros, de modo que cuando ingresó en prisión, a los veintiún años, sabía leer y escribir, pero ignoraba todo lo demás. No despreciaba la cultura; simplemente, nunca le había visto interés ni utilidad. Una vez en la cárcel, sin embargo, esta actitud no le impidió aprovechar la posibilidad de redimir parte de la condena asistiendo a los cursos de formación que unos abnegados profesores impartían con regularidad entre la población penitenciaria. Animado por esta perspectiva, Antolín Cabrales se inscribió en varios de ellos, incluido un cursillo sobre análisis y creación literaria, el único en el que persistió más de dos días.

La persona encargada del curso de literatura era una mujer de unos treinta y cuatro años, diminuta, algo gruesa de complexión, redonda de cara y miope, llamada Inés Fornillos. Se había graduado en Filosofía y Letras, se había casado con un viajante de comercio y había entrado a trabajar como profesora de latín, griego y literatura española y universal en una academia privada que al cabo de unos años cerró sus puertas por razones económicas, dejándola en la calle. En aquella época las mujeres empezaban a acudir masivamente a la universidad y la mayoría elegía la carrera de Filosofía y Letras, en la que la competencia de los varones era menor; como la salida más habitual de esta carrera era la enseñanza, el mercado se había saturado y la señorita Fornillos sólo encontró breves sustituciones por maternidad y unas cuantas clases particulares mal pagadas los meses de verano. Harta de esta precariedad, llamó su atención una convocatoria para dar clases de literatura a reclusos y decidió optar a la plaza. Su marido se opuso, pero tenían dos hijos pequeños y con las comisiones de las ventas no era fácil llegar a fin de mes. Hicieron indagaciones y les aseguraron que el trabajo en la cárcel no llevaba aparejado ningún riesgo. Era un puesto de funcionario, con sus correspondientes ventajas, y con el tiempo podía servir de trampolín para acceder a otros cargos, bien en la docencia, bien dentro del propio funcionariado de prisiones.

Inés Fornillos empezó a trabajar con muchos temores, incertidumbres y reservas. Sin embargo, pronto se adaptó al medio y al cabo de poco se dio cuenta de que el trabajo le gustaba más de lo que estaba dispuesta a reconocer ante las personas que la interrogaban asombradas al respecto. Era una persona desprejuiciada y sencilla, dotada de un carácter franco y un talante ecuánime, no era susceptible y tenía muy poco sentido del humor. Con estas cualidades no tuvo ningún problema para ganarse la consideración de sus alumnos e incluso para granjearse el afecto de alguno, porque la mayoría de los reclusos no recibía ningún afecto del mundo exterior y en consecuencia no sabía dónde colocar el suyo. A menudo, al término de la clase, un preso la abordaba en el aula vacía para hacerle una consulta de tipo personal o someter a su consideración una decisión o una idea para el presente o para el futuro.

Con todo, Inés Fornillos no se hacía ilusiones. Sabía que todos acudían puntualmente a sus clases porque así lo exigía el férreo régimen de la institución y que lo hacían para fingir una rehabilitación que acelerase la concesión de la libertad provisional. Pero tampoco era cínica y creía que si conseguía inculcar la afición a la lectura en alguno de aquellos individuos abandonados y desorientados, sin esquemas morales ni criterios de ningún tipo, contribuiría a mejorar su condición. De qué modo la afición a la lectura podía surtir este efecto benéfico, ella misma no lo habría podido explicar, ni siquiera a sí misma, pero vivía con esta esperanza y trabajaba con esta convicción, mientras los reclusos, sentados frente a su mesa, ni tan sólo hacían un ligero esfuerzo por disimular su aburrimiento y su sopor.

Antolín Cabrales no acudió a las clases de la señorita Fornillos con mejor disposición que el resto de sus condiscípulos: su objetivo era simplemente causar una impresión favorable a las autoridades a través de los informes que a fin de curso había de presentar aquella buena mujer.

Como tenía por costumbre, el primer día de clase la señorita Fornillos hizo una introducción a la materia elogiando las virtudes de la lectura, el más gratificante, absorbente e inagotable entretenimiento, dijo, del que se podía disfrutar en todo momento y lugar, a cualquier edad y en cualquier condición física, incluida la enfermedad y la ceguera (porque existía una escritura táctil), así como una fuente infinita de conocimientos, porque la Humanidad, desde sus orígenes, había consignado por escrito su sabiduría, sus pensamientos, sus emociones y sus fantasías. Acabado este exordio, preguntó a los quince alumnos que integraban el curso si alguno era aficionado a leer o a escribir. «No debe daros vergüenza confesar que en alguna ocasión habéis escrito una poesía o un cuento o algo que os ha llamado la atención. Escribir es tan natural como hablar, como pensar o como cantar. El que salga bien o mal no tiene la menor importancia.» Un preso dijo haber escrito versos tiempo atrás; por supuesto, añadió, no conservaba ninguno; eran muy malos y se dejaría matar antes que dejárselos leer a nadie. Tras no pocas vacilaciones, otro alumno dijo que varias veces había empezado a escribir historias, pero que nunca había pasado de la primera página. Todos, incluso los dos que confesaban haber hecho pinitos literarios, admitieron que no leían, o que sólo leían prensa deportiva y revistas con fotos de tías buenas.

La señorita Fornillos dijo que toda lectura, en definitiva, era lectura, pero que en aquel curso sólo tratarían de textos de ficción, de historias inventadas, aunque todas ellas contuvieran grandes fragmentos de realidad. A renglón seguido, repartió entre los quince alumnos otros tantos cuentos que previamente había transcrito y fotocopiado. Eran narraciones breves, sencillas y, a su entender, interesantes. Cada uno debía leer la suya y en la clase siguiente dar una opinión razonada. Con esto dio por concluido el primer día de docencia.

En la clase siguiente todos dijeron haber leído el cuento que a cada uno le había tocado en suerte. La señorita Fornillos sabía que mentían: a lo sumo, tres lo habrían leído entero, otros tres lo habrían empezado, y los demás no se habrían tomado la molestia de poner los ojos sobre la primera palabra. No obstante, fingió creer lo que decían y preguntó en general si les habían gustado los cuentos. Unos cuantos respondieron afirmativamente; dos con tanta vehemencia que la señorita Fornillos decidió no volver a ocuparse de ellos durante el resto del curso. Luego miró uno por uno a los reclusos y todos desviaron la mirada y carraspearon, porque, aun siendo criminales curtidos, se achicaban cuando se veían obligados a hablar en público, como el resto del género humano. La señorita Fornillos señaló a uno al azar y le preguntó si había entendido la historia referida en el cuento. El recluso respondió sinceramente que no; lo había intentado, pero conforme avanzaba la trama se iba armando un lío cada vez mayor. La señorita Fornillos le agradeció que hubiera dicho la verdad y elogió el valor de admitir el fracaso. Leer, les dijo, era una actividad que se aprende, como un juego de cartas. Toda historia, les explicó, constaba de tres partes: planteamiento, nudo y desenlace. Como una película. Pero en las historias escritas, a diferencia del cine, los personajes no se veían, ni tampoco se veía lo que hacían, de modo que era preciso imaginarlo; y no sólo eso, sino que también era preciso guardar cada personaje y cada suceso en la memoria y tenerlos presentes en todo momento de la narración. Sólo así la historia acababa adquiriendo un sentido unitario. Si ahora no podían llevar a cabo esta operación, no debían preocuparse; todo era cuestión de tiempo y de perseverancia.

«Y ahora, oigamos otra opinión», dijo, y señalando a otro alumno al azar, repitió la pregunta: ¿le había gustado el cuento? El alumno vaciló un instante y luego respondió: «No.» La señorita Fornillos advirtió que el alumno enrojecía. Aguardó unos segundos y luego, viendo que el comentario parecía concluir con aquel lacónico veredicto, le instó a explicar por qué no le había gustado.

«Porque no está entero», murmuró el alumno con una mezcla de esfuerzo y confusión. Era evidente que no sabía cómo exponer sus ideas y que, además, no quería incurrir en las iras de la profesora. Pero la señorita Fornillos no estaba dispuesta a dejarlo tranquilo. «¿Qué quieres decir cuando dices que no está entero? Ya hemos visto que toda historia consta de planteamiento, nudo y desenlace. ¿Cuál de estas partes no está entera, en tu opinión? ¿El planteamiento, el nudo, quizá las tres?»

«No, no. Las partes están ahí.»

«¿Entonces?»

«No sé. Para mí que al cuento le falta algo. La historia se entiende, ¿vale? Y es buena y todo eso. Pero algo le falta. Más no le sabría decir, perdone.»

La señorita Fornillos experimentó una vaga sensación de inquietud, en modo alguno desagradable. Era una sensación que recordaba haber experimentado años atrás, cuando daba clases a niños de corta edad en la academia que quebró. A veces, inesperadamente, un niño parecía haber captado una idea o una verdad que no le había sido impuesta explícitamente. Un caso inusual, como el que ahora se le presentaba. Porque ciertamente el cuento estaba incompleto, no porque faltara algún eslabón imprescindible para seguir y comprender la trama, sino porque ella, en vista de la escasa capacidad de comprensión lectora de sus alumnos, había expurgado los cuentos, reduciéndolos a un esquema mínimo, del que había podado todo cuanto no fuera estrictamente pertinente al suceso relatado. Que aquel jovenzuelo que el día anterior había admitido no haber leído nunca nada, ni siquiera la letra de las revistas ilustradas, pudiera percatarse del arreglo le parecía chocante. «¿Cómo sabes que le falta algo? ¿Habías leído antes ese cuento? ¿Has leído cuentos parecidos?» El pobre alumno volvió a enrojecer. «No, señorita. Es la primera vez. Y ya le digo que no lo sé. Seguramente estoy equivocado. Yo es que nunca he leído, y quizá por eso. Además, a mí chamullar no se me da, ¿vale? Pero es como... no sé, es como si la enseño a usted el dibujo de una vaca con tres patas, vamos a suponer. No hace falta haber visto vacas para saber que al dibujo le falta algo. Lo digo con el debido respeto, ¿vale?»

Entre los demás alumnos hubo un conato de risa que la señorita Fornillos atajó con rapidez y autoridad, como si estuviera rodeada de niños y no de adultos feroces. «Está muy bien; está muy bien haber dicho lo que piensas. Siempre cuesta expresar con palabras lo que sólo son impresiones. Poco a poco iremos aprendiendo no sólo a leer, sino a hablar de lo que hemos leído. Al fin y al cabo, estamos al principio del curso. Paciencia y perseverancia, como os he dicho.» Se dirigió a otro alumno y recibió la respuesta habitual. Al terminar la clase repartió otra tanda de cuentos, éstos de carácter histórico. Quería, mientras creaba hábitos de lectura, ir mostrando distintas facetas de la narración. Al quedarse sola hizo una señal a lápiz junto al nombre del alumno que le había intrigado. Antolín Cabrales Pellejero. La señorita Fornillos tuvo la certeza de que no lo volvería a ver en clase.

Sin embargo, el miércoles siguiente, apenas entró en el aula, se percató de su presencia, en el lugar más apartado, con la mirada perdida en el aire, afectando indiferencia. La señorita Fornillos decidió que sólo un genuino interés por la literatura podía haber impulsado a aquel muchacho a afrontar la burla de sus compañeros y el posible enfado de la profesora y experimentó hacia él un sentimiento parecido a la gratitud.

La clase transcurrió sin incidentes y la señorita Fornillos tuvo la delicadeza de no singularizarlo dirigiéndole la palabra o mirándolo directamente. Pero al acabar la clase lo llamó por su nombre y le pidió que se quedara un instante. Antolín Cabrales remoloneó en el umbral del aula.

«El cuento que te di el último día, ¿también estaba incompleto?», le preguntó.

«No, no, está cabal», respondió el recluso.

«Dime la verdad, Antolín Cabrales.»

«Señorita, va usted a pensar que soy un sieso.»

«Ya te he entendido», dijo la señorita Fornillos mientras rebuscaba en su cartera, «y te quería decir que no andas del todo desencaminado. Yo misma he recortado los cuentos para hacerlos más breves y más sencillos. Pero te he traído el cuento del otro día completo, tal cual es. El de hoy no, porque es muy largo. No tienes ninguna obligación, pero si te hace gracia leerlo, pues lo lees y el próximo día, si quieres, me dices lo que piensas. En clase, o al salir, como te resulte más cómodo».

El recluso enrolló las fotocopias, dio las gracias con torpeza y se reunió con sus compañeros, que observaban la escena desde el pasillo.

En la siguiente ocasión Antolín Cabrales se quedó rezagado y devolvió a la señorita Fornillos las fotocopias que ella le había dado.

«¿Te ha gustado?»

«Sí, no está mal.»

«¿Has notado la diferencia? ¿No se te ha hecho largo o difícil?»

«No, pero he entendido lo de los cortes. Están muy bien hechos.»

«Dejemos eso», dijo secamente la señorita Fornillos, porque no quería prolongar un encuentro a solas con un preso, aunque fuera con la puerta abierta y ante los ojos de los demás, y porque tampoco quería establecer una relación que fuera más allá de lo establecido por las normas. «El que escribió este cuento se llama Somerset Maugham. Era inglés, murió hace años y escribió cuentos muy bonitos. En la biblioteca de la cárcel hay un libro suyo. Precisamente de ahí saqué yo los cuentos. Si te interesa leer más cosas del mismo autor, puedes ir a la biblioteca y leerlas allí o pedir el libro prestado para leerlo en la celda. En este papel te he escrito el nombre porque cuesta de pronunciar; tú sólo tienes que enseñárselo al bibliotecario y él te dará el libro. Es por si te interesa.»

«Muchas gracias, señorita», dijo el recluso.

Antes de entrar en la siguiente clase, la señorita Fornillos pasó por la biblioteca, consultó la ficha de Somerset Maugham y vio que el libro había sido prestado a Antolín Cabrales y devuelto al día siguiente. Al acabar la clase, le preguntó si había ido a la biblioteca.

«Sí, señorita. Hice como usted me dijo y pedí el libro.»

«Ya. ¿Y leíste algún cuento, aparte del que conocías?»

«Claro, los leí todos.»

«¿En un solo día?»

«¿Cómo sabe que los leí en un solo día?»

«No te voy a engañar: he pasado por la biblioteca y he visto la ficha: tuviste el libro un día y no me creo que lo hayas leído de cabo a rabo.»

«Es usted muy dueña de pensar como quiera, pero leerlo, lo leí.»

«Está bien. Te creo. Dime si te gustaron los cuentos.»

«Psé. Están bien contados.»

«¿Qué quieres decir?»

«Pues eso, que están bien contados. ¿Hay otros escritores que también cuentan bien?»

«Ya lo creo. Muchísimos. ¿Te recomiendo uno?»

«Si no le es molestia.»

En un trozo de papel la señorita Fornillos escribió: Arthur Conan Doyle, *Las aventuras de Sherlock Holmes.* Antolín Cabrales leyó esta recopilación de relatos detectivescos y por su cuenta, *Estudio en escarlata.*

«Jolín, es un cuento larguísimo, ¿no le parece?»

«No es un cuento. Es una novela.»

«Es curioso que interrumpa la historia para meter otra dentro y luego seguir con la anterior.»

«¿Eso te ha molestado?»

«¿Cómo me va a molestar? El que escribe hace lo que le sale del pijo, con perdón. ¿Todas las novelas son así?»

«No. Quizá no deberías haber empezado por ahí.»

«Me habré precipitado, disculpe, pero no sabía a quién consultar y hasta que usted no volvía, pues actué según mi entendimiento, usted ya me entiende. El bibliotecario es un mendrugo. Si le viene bien, pues me hace usted una lista, cuando pueda, y así no la tendré que andar molestando cada vez.»

«Hombre, así, a bote pronto, no sabría. Pero si vamos juntos a la biblioteca y vemos lo que hay, podemos hacer una lista sobre la marcha.»

«Cojonudo, señorita», exclamó el presidiario.

En un mes y medio se leyó toda la biblioteca de la prisión, no muy extensa ni muy variada, compuesta principalmente por novelas dejadas por algunos presos al ser puestos en libertad y algunos donativos de caducas asociaciones benéficas. Debido a esto, obras de relativo interés convivían con libros instructivos y de autoayuda, novelas de Agatha Christie, ediciones expurgadas de *Los tres mosqueteros* y *El conde de Montecristo* y no pocos bodrios de distintas categorías. Como era inexperto y leía con tanta voracidad como desorden, Antolín Cabrales se hizo un lío. Viendo su desazón, la señorita Fornillos tomó la osada decisión de poner orden en las lecturas de su alumno y de prestarle sus propios libros. No sabía si aquello constituía un acto irregular dentro del régimen penitenciario, pero no creyó estar haciendo mal a nadie. Cada miércoles, cuando acudía a la cárcel, incluía un libro en el material didáctico que declaraba al entrar, sin especificar el título, se lo entregaba a Antolín Cabrales, éste le devolvía el anterior y ella lo declaraba nuevamente al salir; de este modo no quedaba constancia de que un recluso recibía material procedente del exterior sin la correspondiente autorización. La señorita Fornillos, por precaución y por curiosidad, había hecho averiguaciones acerca de Antolín Cabrales y su pasado delictivo. Desde muy joven había sido detenido y condenado a penas leves por hurto; más tarde había cometido robos con arma blanca o con un revólver de juguete, y en una ocasión en que la víctima había ofrecido resistencia, había empleado la violencia, tal vez, como declaró él mismo, en legítima defensa, pero con un resultado de lesiones que, unido a sus antecedentes, le valió la condena que ahora cumplía. La escasa peligrosidad de su protegido tranquilizó la conciencia de Inés Fornillos, sobre todo porque en su fuero interno sabía que, de haber sido aquél el más sanguinario y depravado de los criminales, no habría actuado de otro modo.

En su actitud con respecto a Antolín Cabrales no había nada de maternal. Tenía dos hijos pequeños y conocía bien el contenido y los límites de sus instintos y sus sentimientos. Tampoco había en su conducta atisbo de inclinaciones de otro orden: Antolín Cabrales era de estatura mediana y porte regular, pero era desgarbado de gestos y andares, y aunque no feo de rasgos, algo en la expresión esquiva de los ojos y en la morosidad y en el aire de desconfianza le quitaba todo encanto personal y toda posible atracción masculina: ni siquiera una persona de visión imprecisa y juicio magnánimo como la señorita Fornillos habría dudado en calificar a Poca Chicha de insignificante. En realidad, Antolín Cabrales ni siquiera le inspiraba simpatía, y sus contactos, pese a la pasión por la literatura que los unía, a menudo resultaban tediosos. No obstante, aquel ser insípido de trato había aparecido inopinadamente en la vida de Inés Fornillos como un regalo inesperado en medio de una actividad profesional satisfactoria, pero presidida por la más abrumadora monotonía. En los préstamos de la profesora a un alumno excepcional había más de experimento que de obra benéfica. Ardía en deseos de comprobar cómo reaccionaría alguien carente de toda formación ante obras que exigían del lector esfuerzo y discernimiento.

Para empezar, y después de mucho repaso y mucha reflexión, eligió *El siglo de las luces*, de Alejo Carpentier, en una vieja edición de Seix Barral cuyas hojas empezaban a amarillear, y se lo entregó al recluso con la advertencia de que el estilo le resultaría abstruso, la trama densa y el texto largo, y la admonición de que, si no podía con aquel mamotreto, no se sintiera defraudado ni consigo mismo ni con la literatura en general.

En la clase siguiente, Antolín Cabrales le devolvió el libro con este escueto comentario: «Está de puta madre.» La señorita Fornillos creyó percibir en la voz de su interlocutor un leve tono de desafío. Lo pasó por alto y le siguió prestando libros sistemáticamente. Luego los comentaban, al principio con un breve intercambio de opiniones y más tarde de un modo más detallado y personal, porque habían empezado a disentir en sus juicios y menudeaban unas discusiones en las que la señorita Fornillos iba perdiendo terreno gradualmente. Pero ni siquiera entonces sintió la tentación de imponer su autoridad de profesora ni menos aún los privilegios que le confería el hecho de ser una persona libre y honrada frente a quien, en fin de cuentas, sólo era un pobre desgraciado sin derecho a nada. Hasta que un día perdió los estribos. Le había prestado *Rayuela*, de Julio Cortázar, y Antolín Cabrales se lo devolvió con un comentario que a ella se le antojó displicente. «Es ingenioso, pero no me convence.» *Rayuela* era uno de los libros que más habían impresionado en su día a Inés Fornillos y le mortificó el desdén de su interlocutor. «Vaya, nos hemos vuelto muy exigentes de golpe y porrazo», replicó. En vista de que él no decía nada, ella insistió: «A mí me parece una novela genial.» Antolín Cabrales se encogió de hombros. «Es una fanfarronada», dijo. El aplomo del lector neófito que se cree con derecho a dar lecciones a su maestra le irritó profundamente, no sólo por lo que suponía de desconsideración y de ingratitud sino porque en su interior sintió tambalearse sus convicciones con respecto a la obra de Cortázar.

De estos encontronazos verbales se consolaba pensando que las opiniones del recluso eran una mezcla de talento en bruto y de falta de instrucción. Aquel mozalbete podía decir cualquier cosa, algo sensato o un perfecto disparate, con el mismo aplomo. Pero este aplomo era un atributo que la señorita Fornillos le había asignado para su propia tranquilidad. En la práctica, Antolín Cabrales estaba lleno de dudas e incertidumbres que no tenía el menor reparo en exponerle. «He leído cosas de distintos países, de distintos estilos, de distintas épocas, y todo me da vueltas en la cabeza. ¿No habrá un libro que lo ponga todo en orden?», le dijo un día.

«Sí, claro: un manual de literatura. Te traeré uno. Quizá deberíamos haber empezado por ahí. Te he dado demasiada cuerda y tú mismo te has enredado de mala manera.»

«¡Y cómo había de ser, si antes de venir a clase con usted no sabía hacer la o con un canuto!»

«Y sigues igual, no te hagas ilusiones.»

Porque a pesar de su entusiasmo por Chejov y por Stendhal y por Balzac, en clase Antolín Cabrales era un alumno del montón. Cuando la señorita Fornillos les hacía hacer una redacción, la de Antolín Cabrales era la más mediocre. Ya cometía pocas faltas de ortografía y su sintaxis empezaba a ser correcta, aunque algo amanerada, pero no tenía una sola idea brillante ni recurría a una imagen con gracia ni usaba un giro original, ni siquiera un adjetivo chocante u oportuno. «¿Y si en el fondo es tonto?», se preguntaba ella. Pero de inmediato rechazaba este pensamiento, porque la llevaba a un terreno personal en el que había hecho el firme propósito de no adentrarse.

Tal como habían quedado, le dejó los libros de texto que ella había utilizado cuando daba clases en la academia. Eran unos tratados muy elementales, pero a Antolín Cabrales le bastaron para organizar sus conocimientos.

«Tienes disposición para el estudio», le dijo Inés Fornillos. «¿Por qué no haces el bachillerato?»

«Sólo me interesa la literatura», repuso él, «para lo demás soy un negado. Además, ¿de qué me serviría el bachillerato?».

«Es una manera de empezar. ¿Qué piensas hacer cuando salgas?»

«Lo que todos: buscar un curro, no encontrarlo, robar y volver al talego. No es mal plan: aquí estoy tranquilo y tengo tiempo para leer.»

«Siempre que encuentres a alguien que te suministre los libros. Yo no voy a estar siempre aquí.»

Al acabar el curso, le dio un triste aprobado. Al salir de clase le dijo: «Por tu rendimiento no te merecías algo mejor. La verdad es que me habría gustado ponerte buena nota, porque sabes más que nadie, pero en los ejercicios no lo demuestras y yo no puedo calificar por lo que pasa fuera de clase.»

El recluso hizo un ademán de indiferencia. «No importa», dijo, «así está bien. Supongo que la nota es justa y, de todos modos, nadie había hecho nunca tanto por mí. Le estoy muy agradecido. ¿Puedo pedirle un último favor?».

«Según de qué se trate», repuso ella con la natural prevención.

«Sé que todavía ha de volver un par de días antes de irse de vacaciones. ¿Tiene algún libro de Henry James?»

«Sí; no me digas que te interesa.»

«No lo he leído, pero por lo que dicen los manuales, parece un tío legal. ¿Me puede prestar uno?»

«Es un peñazo.»

«Ya lo veremos. Usted y yo funcionamos con distintos parámetros.»

«¡Parámetros! ¿De dónde has sacado tú esta palabra?»

«De donde salen todas, joder, del diccionario de la Real Academia. Y no veo qué tiene de malo. Echas una blasfemia y nadie te dice nada, pero dices parámetros y todo dios se escandaliza. ¿Qué pasa con los marginados, a ver?»

«Nada, hombre, no seas picajoso. Sólo trataba de bajarte los humos para que no hagas el ridículo.»

Antolín Cabrales leyó a Henry James y lo encontró de buten. A la señorita Fornillos se le iba la cabeza al oír a aquel muchacho, que a principios de curso no había leído ni siquiera el *As*, emitir juicios sobre *Los embajadores.*

«Pero ¿tú entiendes este galimatías?»

«No hay nada que entender, ¿vale? No va de eso.»

La señorita Fornillos ya no se preguntaba si su alumno era tonto, sino si lo era ella. A veces le asaltaba el temor de ser víctima de un engaño colosal, urdido por Antolín Cabrales o quizá por otro recluso que utilizaba a Antolín Cabrales para llevar adelante su proyecto diabólico. Pero por más que se devanaba los sesos no alcanzaba a comprender en qué podía consistir aquella conspiración y en el fondo se negaba a creer que alguien, incluso una mente superior, urdiera un plan criminal que incluyera la lectura de Henry James.

Se despidieron fríamente. Antes de abandonar la cárcel hasta el curso siguiente, la señorita Fornillos adoptó de nuevo una actitud profesoral y volvió a recomendar a su alumno que estudiara el bachillerato. «Luego, si todo sale tan mal como tú dices, siempre podrás robar una librería antes de que te vuelvan a encerrar.»

En cuanto empezó las vacaciones se olvidó del trabajo y de todo lo relacionado con el sórdido inframundo en que vivía inmersa la mayor parte del año. Pero un día, mientras estaba tumbada a la orilla del mar vigilando a sus hijos, que chapoteaban en la mansa rompiente de las olas, se acordó de los pobres presos, que en aquel mismo momento se debían de estar achicharrando en sus celdas, y no pudo evitar una incómoda sensación de culpabilidad. Era una reacción absurda, porque estar libre y disfrutando de un merecido descanso con su marido y sus hijos mientras los delincuentes cumplían sus condenas era algo perfectamente normal, pero Inés Fornillos sabía que aquella culpabilidad general enmascaraba otra más concreta. Imaginó a Antolín Cabrales encerrado en la biblioteca, sudoroso y sucio, releyendo las insulsas novelas que había dejado tan atrás, y se le encogió el corazón.

Aquella misma tarde metió en el coche a los niños y, con la excusa de ir a tomar un helado, los llevó a la población más cercana, entró en una librería que sabía bien surtida, hizo una compra no exenta de malicia, pidió que le empaquetaran los libros, fue a la estafeta de correos y envió el paquete a Antolín Cabrales. Con esto se quedó satisfecha.

Al regresar a la ciudad encontró una carta procedente de la prisión, en cuyo interior una nota escrita apresuradamente decía así: «Apreciada señorita Fornillos: Hace unos días recibí los libros. Ya he leído los tres primeros y estoy empezando *A la sombra de las muchachas en flor*. Hay que ver cómo escribe este tío. Atentamente, Antolín Cabrales Pellejero.»

Ni una palabra de agradecimiento. Inés Fornillos no experimentó pesar sino desdén.

Cuando se reanudaron las clases en la cárcel, estuvo esperando en vano que fuera a saludarla. Al cabo de dos semanas preguntó por él a uno de sus nuevos alumnos y éste le dijo que Antolín Cabrales estaba a cargo de la biblioteca. La curiosidad por ver hasta dónde podía llegar la estupidez de aquel mequetrefe pudo más que su orgullo y al salir de clase fue a la biblioteca, donde sólo encontró a Antolín Cabrales enfrascado en la lectura de un grueso volumen. La presencia de la señorita Fornillos pareció incomodarle.

«¿Qué lees?»

«*El hombre sin atributos*, de Musil. Como soy el bibliotecario, me ocupo de las adquisiciones y pido lo que me interesa. Total, aquí da lo mismo: la mayoría con un *Mortadelo* se pueden pasar diez años.»

«¿Y no vas a ninguna clase?»

«No. Aquí aprendo más. Por cierto, no sé si le di las gracias por el envío del verano.»

«No, pero no importa.»

Al cabo de unos meses se cruzó con él en un pasillo. Ella le dirigió un saludo con la cabeza, pero Antolín Cabrales, contra todo pronóstico, se detuvo, le preguntó cómo estaba y se interesó por la marcha de las clases. Inés Fornillos entendió que Antolín Cabrales quería decirle algo, y como sabía que no sería él quien tomase la iniciativa, dijo:

«¿Y a ti, cómo te va el trabajo? ¿Sigues leyendo o al final has decidido ponerte a escribir?»

Los ojos de Antolín Cabrales se nublaron con la antigua desconfianza.

«¿Por qué dice esto? ¿Alguien le ha comentado algo?»

«Llámalo intuición. Con el carrerón que llevas, tarde o temprano habías de intentar enmendarle la plana a don Miguel de Cervantes.»

Antolín Cabrales vaciló antes de murmurar: «Ha dado en el blanco. Me metí a escribir una novela.»

«Ah, ¿y ya la has acabado?»

«No, qué va. La rompí.»

«¿No te gustaba?»

«Eso no tiene nada que ver. Era un desastre. Soy un imbécil, usted ya me lo dijo y llevaba razón: tenía un empacho de libros y pensé que también lo podía intentar. Pero una cosa es leer y otra escribir. Para eso no tengo talento. Por suerte me di cuenta a tiempo.»

«Deberías habérmela dejado leer antes de renunciar.»

«No, se habría reído de mí.»

«No digas bobadas. Soy profesora de literatura, llevo muchos años leyendo cosas buenas, regulares, malas y pésimas. ¿Cómo me voy a burlar? Es como si un médico se burlara de un paciente por tener mala salud.»

«Es igual. La rompí y ya está. No había nada que opinar. Yo sé muy bien cómo era.»

«¿No eres un poco pretencioso?»

«Realista. Además, usted y yo hemos hablado mucho de literatura, sé cómo piensa y no me vale. Y, en definitiva, qué más da: no volveré a intentarlo nunca más.»

Inés Fornillos pensó que debería haberle respondido: Es mejor así. Pero a su razón y a su deseo se impuso el instinto que lleva a las mujeres a alentar y apoyar a los hombres cuando los ven débiles y golpeados por la contrariedad, y sin saber cómo se oyó decir: «No te desanimes tan pronto. Date otra oportunidad.»

En la mirada del recluso brilló una chispa a la vez ingenua y astuta.

«¿Usted lo cree?, ¿de veras lo cree?»

Inés Fornillos ya se había repuesto de su flaqueza y se encogió de hombros.

«Ni creo ni dejo de creer. De ti sólo he leído las redacciones que hiciste el curso pasado y no valían un pimiento.»

Él también había recobrado la arrogancia y respondió: «Lo tendré en cuenta.»

Como de costumbre, la separación no fue cordial. Inés Fornillos se propuso no pensar más en aquel sujeto egocéntrico y desabrido y durante el resto del curso llevó a cabo su propósito, sin que el azar le brindara un nuevo encuentro.

Al año siguiente, ya avanzado el curso, la señorita Fornillos tuvo que ir a la biblioteca para hacer unas fotocopias y vio que había un nuevo bibliotecario. Preguntó por Antolín Cabrales y le informaron de que le habían concedido la condicional unos meses atrás. Con esta noticia dio por zanjado el asunto. Alguna vez, en reuniones sociales, cuando la gente se interesaba por las peculiaridades del lugar donde ella ejercía la docencia, para no defraudar a unos oyentes que esperaban historias truculentas asegurando que la principal característica de su trabajo en la cárcel era la monotonía, contaba el caso de un alumno avispado y un tanto perturbado que nunca había leído nada y había acabado siendo un experto en Henry James. Pero pronto se dio cuenta de que esta anécdota tan poco trepidante no interesaba a nadie y la eliminó de su repertorio.

Finalizado el curso, se le presentó la oportunidad de obtener una ayudantía en la universidad, en comisión de servicios, y no vaciló en aprovecharla. Al dejar la cárcel no sintió pena ni alegría. Sólo cuando hubieron transcurrido unos cuantos meses comprendió hasta qué punto su experiencia había sido sórdida y desesperanzadora. No se arrepintió del tiempo dedicado a los reclusos; alguien debía hacerlo, aunque sólo fuera para dar testimonio de que su encierro podía serles de algún provecho, que no estaban abandonados del todo y que para cada uno, si se lo proponía, existía un futuro, siquiera nebuloso. Pero Inés Fornillos no tenía vocación de redentora, sino de profesora de literatura, y en este aspecto, los años de la cárcel habían sido años perdidos sin remisión. Por este motivo, y porque en nada podía beneficiarla dentro del mundo académico, prefirió no hablar de su trabajo anterior y considerar aquella etapa como un periodo de amnesia laboral y también personal. No le costó mucho, porque el nuevo trabajo trajo consigo nuevos retos y nuevos horizontes. La falta de contactos regulares con sus colegas y, sobre todo, la falta de estímulo la habían dejado rezagada y el esfuerzo adicional que hubo de hacer para ponerse al día le resultó a un tiempo absorbente y gratificante. Leía sin parar y procuraba estar al corriente de todas las novedades.

Transcurrido algún tiempo, y habituada ya a la mecánica de su nuevo trabajo, llegó a sus oídos la fama de un autor cuyo nombre empezaba a correr de boca en boca y cuya primera obra había arrancado a la crítica de su abulia endémica. Esta primera obra, una novela relativamente breve, se publicó en una pequeña editorial, casi de tapadillo; al cabo de un año, una segunda novela, más voluminosa, apareció en una poderosa editorial con gran despliegue publicitario. Ambas novelas eran de corte tradicional, no exentas de elementos de modernidad, y versaban sobre sucesos y personajes del mundo de la delincuencia. Esta característica disuadió inicialmente a Inés Fornillo de leerlas: no quería saber nada más de crímenes ni de criminales.

El autor de aquellos éxitos se firmaba Martín J. Fromentín y de él no se sabía nada, ni siquiera si aquél era su verdadero nombre; no concedía entrevistas, no se dejaba fotografiar, no participaba en actos públicos y la breve reseña biográfica de la solapa de los libros decía poco y daba a entender que incluso ese poco era inventado. No tardó en saltar a la prensa la noticia de que en realidad Martín J. Fromentín era efectivamente un seudónimo bajo el que se ocultaba un auténtico criminal de turbio pasado llamado Antolín Cabrales Pellejero. Inés Fornillos se sorprendió del escaso impacto que le causaba esta revelación. Hacía mucho tiempo que había expulsado de su vida la etapa carcelaria y a sus integrantes, y para ella Antolín Cabrales era sólo un recuerdo vago y anodino. Que ahora reapareciera convertido en escritor famoso no le pareció ni bien ni mal. «De modo que al final siguió mi consejo y escribió otra novela», pensó. «Pues qué bien.»

Como, pese a todo, no podía dejar de leer al menos uno de los dos libros, adquirió un ejemplar de la primera novela, se lo llevó a casa y se dispuso a leerlo sin prejuicios de ningún tipo. No obstante, lo abrió con la remota esperanza de encontrar un prólogo del autor en el que, si bien no apareciera su nombre (pues de ser así alguien se lo habría comentado), hubiera alguna clave que sólo ella pudiera interpretar. No había nada: la novela arrancaba en la primera página y discurría con pulso firme hasta su conclusión. Apreció el estilo, la utilización inteligente de los recursos literarios, la descripción de ambientes, una trama y unos personajes interesantes, pero la novela, en conjunto, le dejó indiferente. Así lo hizo constar cuando tuvo ocasión de hacerlo en público y en privado, pero en ningún momento dijo que había conocido personalmente al autor. Fue una decisión premeditada. Revelar una relación privilegiada como la suya con un autor tan célebre y tan enigmático con seguridad habría tenido un efecto positivo en su carrera, y la señorita Fornillos no carecía de ambiciones profesionales, pero esta misma relación la convertiría, dentro del mundo académico, en una especialista y, en aquel caso particular, al menos a sus propios ojos, en parásito de una persona a la que recordaba con más desprecio que otra cosa. Pero había otra razón para su silencio. Por algún motivo Antolín Cabrales no se había querido dar a conocer inicialmente y, en consecuencia, airear su conocimiento habría supuesto algo parecido a una traición, no en el mundo académico pero sí en el mundo de la delincuencia, al que la señorita Fornillos, siquiera de un modo tangencial, había pertenecido en otros tiempos. En la cárcel no hay chivatos, se dijo, y pensar que estaba dejando escapar una oportunidad dorada por atenerse al código del hampa le divirtió y le hizo sentirse secretamente orgullosa. Por lo demás, seguía convencida de que su antiguo alumno carecía de talento y estaba segura de que pronto se desinflaría un prestigio en el que había más de novedad que de merecimiento.

El tiempo se encargó de desmentir este pronóstico. La fama de Martín J. Fromentín fue creciendo con cada nuevo libro. Fue traducido a muchos idiomas, recibió premios nacionales y extranjeros. Como sus personajes eran siempre criminales, sus andanzas violentas y sus vidas irrecuperables, se le incluyó en el canon de la novela negra, se le comparó con Jean Genet y con Louis Ferdinand Céline, con el Gorki de *Los bajos fondos,* con los dramas de sangre de García Lorca, con los esperpentos de Valle-Inclán, y no faltaron exagerados que sacaron a relucir a Dostoievsky e incluso a Dante. Proliferaron las tesis doctorales. Sucesivos intentos de llevar sus novelas al cine chocaron con una negativa tajante y sin explicaciones por parte del autor. Le propusieron que presentara su candidatura para el ingreso en la Real Academia Española con la garantía de que sería aceptada por unanimidad, pero declinó aquel honor, del que dijo ser indigno. Para evitar intrusiones trasladó su domicilio fuera de su ciudad natal; luego, fuera del país. Este secretismo aumentó su fama y creó una leyenda que se iba incrementando por las aportaciones de sus estudiosos, con el beneplácito de la editorial. Se contaba que en su juventud había participado en muchas de las acciones crueles y violentas que ahora describía con tanta precisión, bien como actor principal, bien como cómplice, bien como instigador; que seguía teniendo vínculos estrechos con el crimen organizado, y que sus relatos eran fragmentos autobiográficos cuidadosamente camuflados, pero apenas embellecidos. Más tarde la fama y la leyenda se asentaron y por el hecho de ser conocidas de todos sus presuntas hazañas dejaron de ser tema de conversación. Ya sólo interesaba como novedad literaria y sólo la cifra de ventas, siempre crecida, era motivo de comentario.

Andando el tiempo, la actitud del escurridizo autor se fue haciendo menos radical. Como ya no era el centro de todas las miradas, permitió fisuras en la rígida norma del anonimato. Una fotografía suya, siempre la misma, apareció en la sección de libros de los periódicos y en las solapas de sus obras, más tarde en enormes carteles colgados de las librerías de las grandes superficies. Aceptó conceder alguna entrevista, a periodistas concretos en publicaciones selectas; estas entrevistas resultaban siempre decepcionantes porque nunca expresaba una opinión y la ambigüedad presidía todas sus respuestas.

Cuando Inés Fornillos vio la fotografía de su antiguo alumno sintió algo parecido a la ternura. Había envejecido y engordado, tenía el pelo cano, retraído en frente, se había dejado un bigote ni muy fino ni muy aparatoso, llevaba unas elegantes gafas sin montura, vestía con pulcritud. Nada de esto le impidió reconocer de inmediato la expresión huidiza de los ojos, el pliegue de inseguridad en la frente, los labios prietos, la crispación del gesto. Nada de cuanto vio, oyó o leyó alteró su decisión de guardar silencio acerca de su pasado común.

Cuando le faltaba un año para la jubilación, llegó a sus oídos la noticia de que el famoso escritor Martín J. Fromentín, para entonces un clásico de nuestras letras, pronunciaría una conferencia en el paraninfo de la universidad. El motivo era lo de menos. La señorita Fornillos decidió asistir.

Aunque llegó muy pronto ya encontró una larga cola. Esperó mucho rato, cansada, consciente de lo ridículo de la situación, tentada de renunciar. Cuando abrieron las puertas pudo sentarse en una de las últimas filas. A la hora convenida, en medio de una gran expectación y un obsequioso silencio, hizo su entrada el ilustre escritor acompañado de autoridades académicas. Subió a la tribuna, ocupó su asiento, y mientras escuchaba con desinterés los elogios que se le prodigaban, paseó la vista por el nutrido auditorio. La señorita Fornillos tuvo la impresión de que por una fracción de segundo sus miradas se encontraban, pero nada le dio a entender que había sido reconocida. Después del tiempo transcurrido tampoco esperaba otra cosa. Tampoco ella experimentó la más mínima emoción en aquel efímero contacto. Cuando le tocó el turno al invitado de honor, Martín J. Fromentín pronunció un discurso de circunstancias cargado de tópicos bienintencionados. Antes de acabar, bajó la voz y en un tono casi inaudible, entre balbuceos, como si no llevara escrita ni pensada aquella parte del discurso, dijo: «En el pasado yo fui un criminal. Es cosa sabida y a estas alturas no tendría sentido negarlo. Sólo quiero disipar el aura de romanticismo que esto pueda tener para quienes, como ustedes, siempre han estado en el lado bueno de la ley. Un criminal no es un héroe, sino un ser abyecto que abusa de la debilidad del prójimo. Yo estaba destinado a seguir este camino hasta el más triste de los desenlaces si el encuentro casual con la literatura no hubiera abierto una grieta por la que pude salir a un mundo mejor. Nada más tengo que añadir. La literatura puede rescatar vidas sombrías y redimir actos terribles; inversamente, actos terribles y vidas degradadas pueden rescatar a la literatura insuflándole una vida que, de no poseerla, la convertiría en letra muerta.»

Aún se alargó un rato más. Finalmente otra persona cerró el acto, tras anunciar que no habría coloquio ni firma de libros y el orador y sus acompañantes Desaparecieron por una puerta lateral. Inés Fornillos salió de la sala al ritmo lento de la muchedumbre. Una vez en la calle decidió ir caminando hasta la plaza de Cataluña y allí tomar el metro. Iba por la Ronda Universidad disfrutando del suave clima de la noche y pensando en trivialidades, cuando sintió un nudo en la garganta que le hizo detenerse. No pudo hacer nada para evitarlo y rompió a llorar ruidosamente. Algunos transeúntes se acercaron a preguntarle si le pasaba algo. Les respondió que estaba bien, y contra su costumbre, se refugió en un bar. Pidió un botellín de agua mineral y bebió a sorbos hasta recobrar la calma. Si hubiera querido explicar lo que le había sucedido no habría sabido hacerlo. No le había impresionado la visión de su antiguo alumno convertido en personaje célebre y menos aún la idea de haber contribuido a la redención de un delincuente, cosa que, por otra parte, Antolín Cabrales nunca había sido. Pero le desbordaba la idea de haber creado un gran escritor. A su larga vida profesional, denodada, honrada, monótona, tediosa y sin sentido, le había sido concedido un momento de grandeza, y aquel momento no había sido una revelación, ni una idea profunda, ni había dejado una huella indeleble; había sido un encuentro efímero, superficial, cargado de susceptibilidad y de malentendidos. Pero había existido y ahora la señorita Fornillos ya podía jubilarse, hacer balance de su vida y descansar.

En otra parte de la ciudad, Martín J. Fromentín se excusaba ante sus anfitriones y alegaba cansancio y una leve indisposición para retirarse a su hotel sin asistir a la cena que le tenían preparada. Decepcionados pero corteses, sus anfitriones le dejaron ir. En el hotel se encerró en la habitación, pidió una cena ligera al servicio de habitaciones, se sentó a la mesa, tomó papel y empezó a escribir una carta.

«Estimada señorita Fornillos:

»Le agradezco mucho que tuviera la amabilidad de asistir al acto de esta tarde. No hay cosa más aburrida que estas ceremonias académicas de las que usted, además, ya debe de estar hasta el gorro. Pero le habría agradecido que me hubiera advertido de antemano, porque cuando la distinguí entre el público tuve que hacer un gran esfuerzo para no desmayarme de la emoción o ponerme a llorar como un imbécil, en resumen, a hacer un ridículo mayor del que ya estaba haciendo. Siempre fue usted muy brusca de trato, si no le molesta que se lo diga. Durante todo el acto estuve dudando entre dirigirme a usted y pedirle que me esperara a la salida o hacer como que no la había visto. Mi primer impulso fue lo primero, pero luego pensé que si hasta ahora usted no ha hecho nada para ponerse en contacto conmigo, a través de la editorial o por cualquier otro medio, mi obligación era respetar sus deseos. Por esta misma razón, durante todos estos años, tampoco yo he hecho nada para ponerme en contacto con usted. En el fondo, no me extraña que no quiera tener nada que ver conmigo, ni con el ratero sin suerte que fui, ni con el fantoche que soy ahora. Usted lo entendió todo desde el principio y me lo advirtió, pero yo estaba ciego de ignorancia y de suficiencia. Ya ve adónde me han conducido aquellos tufos. Pero quiero que sepa que no ha habido día, en todos estos años, en que no me haya acordado de usted. Tenía tantas ganas de hablar con usted, señorita Fornillos.

»Estoy seguro de que usted ya no se debe de acordar, pero yo me pregunto a menudo qué habría sucedido si no se hubiera tomado la molestia de eliminar unos párrafos de los cuentos que nos repartía para aligerar los textos. Yo habría leído el mío sin atención, probablemente. Somerset Maugham es un artesano sin interés, y más pasado de moda que el miriñaque. Yo algo había leído antes de aquel día; uno de joven ha de matar el tiempo libre de algún modo y no siempre tiene una tía o un televisor a mano. Pero nunca había leído con criterios literarios, como es natural. Yo era un canalla, no un pervertido. Sin embargo aquella mutilación me produjo un desconcierto extraordinario, sobre todo porque no sabía de dónde me venía. Luego comprendí lo que me ocurrió y es algo tan curioso que se lo tengo que contar. Nunca se lo he contado a nadie. Mire, lo que ocurrió es que de repente, en un solo instante, sin saber nada de nada, entendí exactamente lo que era la literatura. No lo que usted decía, no un vehículo para contar historias, para expresar sentimientos o para transmitir emociones, sino una forma. Forma y nada más. Confío en que su larga labor docente no la haya embrutecido y entienda lo que le quiero decir. Las leyes sencillas pero insoslayables que hacen que un escrito signifique algo más que manchas sobre un papel: la estructura del relato, el tamaño del párrafo, la longitud de la frase, la música interna de las palabras cuando se combinan entre sí, y el ritmo del conjunto. La estrategia con que se disponen todos los elementos.

»Después de devorar unos cuantos libros, los que usted tuvo la generosidad de prestarme y aquella jodida edición de Proust que me envió durante las vacaciones, tuve la peregrina idea de que yo también podía escribir una cosa similar. Conocía los rudimentos del oficio, y las lecturas me habían proporcionado las herramientas necesarias, de modo que me puse a escribir. Mi ignorancia sólo era comparable a mi presunción. No tenía ninguna historia que contar ni falta que me hacía. Sólo me interesaba la forma. La vanidad es el pecado que más deprisa recibe su castigo. Si me descuido acabo escribiendo una novela experimental. Cuando me di cuenta, rompí lo que llevaba escrito y me juré no volver a escribir nada. Es posible que de haber persistido en esta decisión hubiera acabado mal. Usted me dijo que siguiera y seguí. En la cárcel había conocido a mucha gente, tíos legales en su mayor parte. Yo era una escoria, pero trataba a la gente con respeto y sabía escuchar. De modo que me contaron un montón de historias. No eran grandes historias, sino historias banales, estúpidos desaciertos, desarreglos psíquicos disfrazados de pasión, falsas tragedias. Cualquier oyente se habría aburrido a los cinco minutos. Yo también me aburría, pero aguantaba para no recibir una trompada y más tarde porque comprendí que aquellos tristes retales de vidas equivocadas me proporcionaban el material necesario para escribir libros de quinientas páginas.

»Los críticos se engañan: ven un libro acabado y creen que todos los movimientos desde el principio han ido encaminados a un fin concreto. Nada más falso. Un escritor no pone los conocimientos técnicos que posee al servicio de la historia que quiere contar, sino la historia que posee al servicio de los conocimientos técnicos que quiere utilizar. En fin, no la quiero aburrir con teorías. Sólo le digo lo que ya sabe: que soy el mismo pazguato de entonces y que mi éxito se debe a un malentendido. Los lectores creen estar leyendo historias atormentadas, cargadas de significación, y sólo leen artimañas.

»Finalmente me llegó la hora de salir de la cárcel y me busqué un trabajo que me permitiera sobrevivir y escribir en mi tiempo libre. En varios locales me contrataron de vigilante nocturno. Pensaban que mi pasado delictivo me daba conocimientos prácticos de las artes del robo y que lo podría impedir; también pensaban que la condicional garantizaba mi honradez. Eran trabajos aburridos, pero más lo es el trullo, me daban algo de dinero, y como no había mucho que hacer, si bien no podía escribir, podía organizar mentalmente lo que luego en la pensión ponía en limpio. Acabé una primera novela, la llevé a varias editoriales hasta que una la quiso publicar y ya ve cómo he acabado. Ahora gano una pasta gansa y viajo por todo el mundo. Mi vida personal ha sido satisfactoriamente solitaria.

»Todo esto se lo debo a usted. El que este asunto disparatado no entrara en sus propósitos y ni siquiera pasara nunca por su cabeza no disminuye la cuantía de la deuda. No sé cómo pagársela; ahora, si a usted se le ocurre una manera, hágamelo saber. Soy desagradecido por naturaleza, pero una cosa no quita la otra; la gratitud es un movimiento del alma que experimentan las personas buenas y sentimentales. Una deuda es algo objetivo. La gratitud se expresa; las deudas se pagan. Yo estoy en deuda con usted.

»Y la próxima vez, avise.

»Su alumno,

»Antolín Cabrales Pellejero.»

Metió la carta en un sobre y se la echó al bolsillo. No sabía adónde enviarla, pero pensó que sus editores o su agente no tendrían dificultad en averiguar el domicilio de una profesora de literatura que en una etapa de su vida trabajó en la cárcel de varones. Dejó el sobre en la mesa y, como no tenía sueño, decidió salir a dar un paseo.

Siempre había asociado Barcelona con una época

difícil de su vida, pero desde que había fijado su residencia en el extranjero la ciudad ya no le parecía tan hostil. Bajó caminando por el paseo de Gracia, cruzó la plaza de Cataluña, recorrió la Rambla y acabó callejeando por los oscuros barrios donde había transcurrido su agitada juventud. Mucho había cambiado desde entonces, pero algunas cosas seguían igual: al adentrarse en una callejuela oscura y solitaria y antes de que ocurriera nada, supo que estaba siendo asaltado. Un muchacho le sujetó el brazo y le puso una navaja delante de los ojos. Sintió el jadeo del muchacho en la mejilla. «No grites.» «No voy a gritar.» «¡Que te calles!», dijo el muchacho. Pasado el susto inicial provocado más por la brusquedad del asalto que por el peligro real, Antolín Cabrales estaba tranquilo. Sabía que no pasaría nada si no ofrecía resistencia, si no se ponía nervioso y si no hacía ostentación de sangre fría. Todo consistía en comportarse como el muchacho esperaba que se comportara un caballero incauto y adinerado. En otros tiempos él mismo había recurrido a este método, casi siempre eficaz. «El dinero está en la cartera y la cartera en el bolsillo interior de la chaqueta. Puedes cogerla tú mismo. El reloj no vale mucho, pero te lo daré igual; no llevo nada más de valor», dijo. El muchacho cogió la cartera y se la metió en el bolsillo del pantalón. Mientras se quitaba el reloj dijo: «Devuélveme los documentos. A ti no sirven para nada. Y si me dejas algo para un taxi...» El muchacho no esperó a que acabara de quitarse el reloj para salir corriendo.

Cuando se quedó solo, Antolín Cabrales se dirigió a la comisaría del barrio para denunciar el robo de la documentación. Tenía pensado regresar a su lugar de residencia al día siguiente y el suceso le suponía una contrariedad. Al dar su nombre en la comisaría, el propio comisario lo recibió en su despacho. «He leído casi todos sus libros. Es un placer, aunque sea en circunstancias tan lamentables.» Cumplimentó la denuncia y se dispuso a marcharse. El comisario le ofreció un coche patrulla. «No se moleste. Mi hotel no está lejos y ya no me pueden robar nada más.» El comisario insistió: las calles se habían puesto cada día más peligrosas. No aceptar habría sido desairarle, y a pesar de la admiración que le manifestaba, el señor comisario era un policía y él un antiguo delincuente y un ex presidiario.

Delante del hotel se despidió de los agentes que le habían acompañado. «Han sido ustedes muy amables.» «A sus órdenes.» En el portal contiguo al hotel advirtió dos sombras al acecho. Cuando se hubo ido el coche patrulla se entretuvo un rato ante la puerta para dar tiempo a que las dos sombras salieran de su escondite y se le acercaran.

«Nos habías calado, di la verdad. ¡Qué jodido eres, cabronazo!», dijo un hombre entrado en años, todavía corpulento, con media cara quemada. Le acompañaba el muchacho que un rato antes le había atracado. «Suerte que llevabas una tarjeta del hotel en la cartera; si no, no damos contigo. Éste es mi hijo. Mil veces le tengo dicho que se quite de la calle, pero el capullo, como si oyera llover. Que es peligroso, joder. Que es dinero fácil y tal y cual, pero si te trincan, vas al talego, díselo tú. Y al final, el dinero, ¿para qué lo quieren? Para nada: fumar petas y comprarse ropa de maricón.» «Los jóvenes son así», dijo Antolín Cabrales. «Tú no tienes hijos.» «No, yo no.» El hombre de la cara quemada se dirigió al suyo. «Anda, hijo puta, ven aquí y discúlpate con este señor.» «No tiene por qué. Hacía su trabajo y lo hacía bien», dijo Antolín Cabrales. El otro sólo atendía a su retoño. «Este señor que ves aquí, tan famoso, y yo éramos amigos hace un montón de años, ¿te lo puedes creer? Este señor tan famoso y tu puto padre, colegas, me cago en la mar. Porque tú de mí sí que te acuerdas, ¿o no?»

«Claro que me acuerdo», dijo Antolín Cabrales. Lo cierto es que sí recordaba al tipo de la cara quemada: un matón estúpido con el que había coincidido en la cárcel y que en algunas ocasiones le había amenazado, humillado y golpeado. Pero todo esto pertenecía a un pasado irreal, transformado por la fama del escritor, que convertía su amistad verdadera o imaginaria en un trofeo. «Bueno, pues aquí tienes la cartera. Cuenta el dinero, no falta nada. Cuando vi de quién era le di un hostión a este espabilao y nos vinimos derechos a devolvértela. Supuse que habrías ido a denunciar el robo de los documentos y que te pillaríamos a la puerta. Con lo que no contaba es con los maderos, joder. Suerte que nos has visto y nos has esperado con discreción. Si les dices algo, igual nos metemos en un lío.» «Eso entre amigos no se hace», dijo Antolín Cabrales. Vaciló el matón; luego dijo: «Bueno, pues ya nos vamos. Guapo el hotel, ¿eh? Te lo mereces, joder, por algo eres más famoso que Dios. ¿Has venido con tu mujer?» «No. Vivo solo.» «Pero no te habrán faltado las tías. O los tíos, según a lo que te hagas.» «No me quejo», respondió sabiendo que eso era lo que el otro quería oír. Luego añadió: «¿Queréis pasar? Todavía nos darán algo en el bar.» El matón miró a Antolín Cabrales de hito en hito, tratando de determinar si hablaba en serio o en broma y si la propuesta era una muestra de amistad o una trampa. Finalmente dijo: «No, gracias. Hay que saber estar en el sitio que le corresponde a cada uno. Nosotros aquí no pintamos nada, como tú no pintabas nada en el trullo. Lo tuyo es esto: los libros y los hoteles. En la cárcel eras un cagao. Yo, en cambio, aquí cantaría como una mala cosa. Ha sido un gusto verte, Poca Chicha.»

Padre e hijo se fueron caminando por el paseo de Gracia. Antolín Cabrales subió a la habitación. En la mesa vio la carta que había escrito a la señorita Fornillos. La rompió en varios pedazos, los arrojó a una papelera. No había motivo para quitarle la ilusión, y su presencia en la conferencia era la prueba de que esa ilusión existía. Al fin y al cabo, ella había hecho de él lo que ahora era. Por casualidad o por designio había desarrollado un potencial que él poseía y que antes nada ni nadie había podido imaginar. Que aquel potencial sólo sirviera para vender baratijas no era culpa de ella. En el fondo, se dijo, sigo siendo lo que siempre fui: un ser superfluo, un estafador. El matón con el que acababa de hablar, a pesar de su ignorancia, lo sabía. Pero no la señorita Fornillos. No la señorita Fornillos.

ÍNDICE